귀신 사냥꾼

온후 퓨전 판타지 장편소설

WISHBOOKS FUSION FANTASY STORY

귀신 사냥꾼 10

온후 퓨전 판타지 장편소설

초판 1쇄 찍은 날 | 2018년 9월 11일
초판 1쇄 펴낸 날 | 2018년 9월 18일

지은이 | 온후
펴낸이 | 예경원

기획 | 위시북스
편집책임 | 이규재
편집 | 위시북스

펴낸곳 | 예원북스
등록번호 | 제396-2012-000132호
등록일자 | 2012. 7. 25
KFN | 제1-307호

주소 | 경기도 고양시 일산동구 호수로 646-24 위너스21II빌딩 206A호 (우)10401
전화 | 031-819-9431 팩스 | 031-817-9432
E-mail | yewonbooks@naver.com

ISBN 979-11-89450-32-8 04810
979-11-6098-697-6 (set)

※ 이 도서의 국립중앙도서관 출판시도서목록(CIP)은 서지정보유통지원시스템 홈페이지(http://seoji.go.kr)와 국가자료공동목록시스템(http://www.nl.go.kr/kolisnet)에서 이용하실 수 있습니다.

귀신 사냥꾼
10
온후 퓨전 판타지 장편소설
WISHBOOKS FUSION FANTASY STORY
Wish Books

거신 사냥꾼

CONTENTS

54장 더 로드(2) 7

55장 환락의 밤 13

56장 마지막 경매 97

57장 대립자 201

58장 세계(1) 279

54장
더 로드(2)

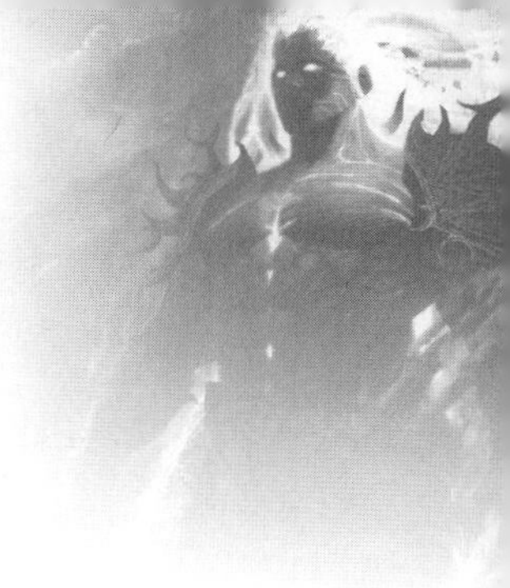

궁극적인 목표는 변하지 않았다.

적들을 쳐 내고 지구를 지키는 일.

그것만을 위해 나는 지금 이곳에 있다.

아무도 몰라주지만, 알 수가 없을 테지만 그래도 상관없다.

콰아아아앙!

그때였다. 태양탑이 터지며 균열이 일어났다.

"……!"

순간 급격하게 현기증이 몰려왔다. 동시에 무슨 일이 일어난 건지 깨닫게 되었다.

'인자의 조화가 망가졌다.'

태양신의 보고. 크투가의 불꽃으로 사방을 데우고 있는 그곳에서 현재 오한성의 신체는 수많은 태초의 인자들과 동화되어 가고 있었다.

그런데 알 수 없는 문제가 생긴 것이다.

태양탑의 지층이 크게 흔들릴 정도라면 간단한 문제는 아니다.

쿨럭!

피를 토했다. 본체에도 영향을 끼쳤다는 말.

그것을 본 라이라가 급히 나를 부축했다.

"왕이시여, 왜 그러십니까?"

시시각각 몸의 상태가 나빠졌다. 동화율이 높은 것도 일장일단이 있었다.

지금은 일분일초가 급하다. 주변을 둘러볼 겨를도 없이 입을 열었다.

"다른 몸에 문제가 생겼다. 이 몸을 지켜라."

"……예, 무슨 일이 있더라도 반드시."

즉시 상황을 인지한 라이라가 표정을 굳히고 곧바로 경계태세에 들어갔다.

내가 전이하면 한쪽 몸이 무방비해진다는 걸 그녀도 여태까지의 경험으로 알고 있는 것이다.

이 위험성을 제대로 인지하고 있는 건 내 주변에서 유일하게 그녀뿐이었다.

그래서 더욱 든든하다.

고개를 끄덕이곤 즉시 '전이'했다.

문제가 뭔지 확인해야 한다.

전이한 직후 나는 주변을 둘러봤다.

태양신의 보고 안엔 이미 물이 가득 채워져 있었다.

그 가운데에서 크투가의 불이 주변을 밝히며 인자들이 서로 합쳐지고 순환하며 꽈배기를 그려 나가는 중이었다.

나는 발가벗은 채 그 인자들과 동화되어 가고 있었다. 내 인자들이 흩어지고 다른 인자들에게 영향을 끼치며 나만의 생명체를 창조하기 위함이었다.

'부족하군.'

지금 내 앞엔 내가 빚은 작품이 빛을 발하며 만들어지고 있었다.

어미 배 속의 아이처럼 몸을 둘둘 만 채. 생명체로 거듭나는 중이었다.

원래는 셋이었다.

그러나 하나가 방금 그 충격으로 사라진 것이다.

그리고 그 여파로 내 신체의 상당 부분이 흐트러졌다. 나 역시도 조화가 깨졌다.

'내가 가진 경험만으로는 완성시킬 수 없다는 건가?'

한마디로 영양소가 부족했다. 그래서 죽어가고 있었다.

이대로는 나도, 남은 둘도 모두 잃을 터.

부족한 걸 채워야 한다. 그러나 결국 하나가 터졌다는 건 이곳에 있는 인자만으로는 해결하기 어렵다는 뜻이었다.

'엄마.'

'엄마…….'

어떻게 이 문제를 해결해야 하는지에 대해 고민하고 있을 때, 불현듯 목소리가 들렸다.

남은 둘이 애타게 무언가를 찾는 듯 심상으로 목소리를 전해온 것이다.

그것은 살기 위한 몸부림과 같았다. 자신들이 살기 위해 무엇이 필요한지 그들을 직접 빚은 내게 말하고 있었다.

음과 양. 가장 중요한 게 조화라는 건 알고 있지만…….

'엄마라고?'

그 단말마가 '엄마'라니.

나도 당황할 수밖에 없었다.

55장
환락의 밤

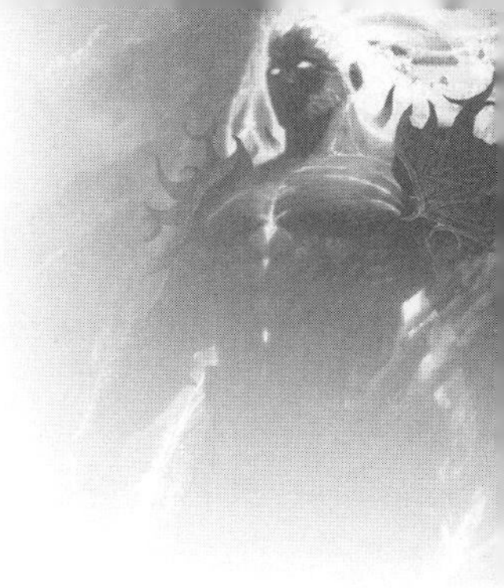

무엇보다 이 둘은 부족함을 달래고자 '나의 것'을 마구잡이로 뽑아가고 있었다.

이대로 시간이 흐르면 셋 다 자멸하는 결과가 나올 가능성이 높았다.

나의 인자, 나의 생명, 나의 신성까지도.

'방치해선 안 되겠군.'

조치가 필요하다. 이 둘이 말하는 '엄마'라는 게 정말 생물학적인 뜻인지 다른 의미가 있는지 알아내야 했다.

그러기 위해선 다시 돌아가야 한다.

'크투가라면 뭔가를 알고 있을지도.'

크투가는 아득한 세월을 살아왔다. 가짜이긴 하지만 태양신과 접했고, 그 특성이 '살아 있는 불'인 만큼 창조에 관한 제대로 된 실마리를 가지고 있을 터였다.

생각을 정리한 뒤 즉시 전이하였다.

우리엘 디아블로의 몸으로 돌아오자 가장 먼저 시야에 들어온 건 라이라와 스칼렛이었다. 그 외의 몇몇 이가 나를 바라보고 있었다.

'좋지 않군.'

전이를 하면 나는 무방비가 된다. 이 비밀을 절대 들켜선 안 된다. 지금의 내 입장은 아직 완전하지 않았다. 작은 약점조차도 얼룩처럼 번질 수가 있었다.

그 와중에 전이의 비밀을 들킨다?

그대로 목숨을 내어주는 것과 같다.

그러나 워낙에 급한 상황이었다. 아예 동작이 멈춘 나를 의아하게 바라보는 시선들. 저들에게 더욱 의연하게 보여야 한다.

"잠시 지하에서 폭발한 마력을 읽어보고 있었다. 별일 아니니 호들갑 떨지 말라."

자리에서 일어나 손을 휘휘 저었다.

그러자 주변을 경계태세로 바라보던 라이라가 고개를 끄덕이고 무기를 내려놨다.

주변에서 탑으로 다가가던 마족들도 발걸음을 멈췄다.

“우리엘 님, 괜찮으신가요? 갑자기 움직이지 않으셔서…….”

스칼렛. 그녀는 최강 상단인 일리언스 상단의 딸이다. 당연히 다른 이들보다 눈썰미가 있을 수밖에 없었다. 아마도 내게서 일어난 작은 변화를 알아차린 것이겠지.

하지만 긍정할 수도 없는 노릇.

“태양탑에서 일어난 폭발이니만큼, 왕인 내가 직접 마력을 탐지할 필요가 있지. 우리가 모시는 신과 그분의 사자가 이곳에 머물고 있으니.”

스칼렛보단 입구에 서 있던 코로나를 바라보며 말했다.

태양탑의 교주인 그는 내 말을 듣곤 감격한 눈초리를 지어 보였다.

“오랜 시간 방치되어 온 마력이 폭발한 것뿐이다. 내부를 정비하고 병력을 물리도록.”

짧게 지시하며 등을 돌려 걸었다.

피를 토했던 자국은 천으로 감추어져 있었다.

라이라가 직접 조치한 것일 테다. 그녀가 자신의 상의를 찢어서 그 위에 덧대놓은 것이다.

‘큰일 날 뻔했군.’

내가 피를 토하는 걸 누군가가 봤을까?

최대한 빠르게 조치했다지만 만약의 상황을 대비하지 않을 순 없다.

왕의 건강은 굉장히 중요한 문제다. 특히 지금처럼 누가 적인지 모를 때는 더더욱.

건강상의 문제는 아니지만, 지금의 나는 확실히 약해진 상태였다. 본체의 상태가 악화되어 가고 있었기 때문이다.

이어 탑의 정상으로 들어가 '신'의 행세를 하고 있는 크투가를 찾았다.

천마의 신체를 가지고 의자에 앉아 시체처럼 가만히 있던 녀석이 내가 들어오자 눈을 번뜩 떴다.

"지루하다, 지루해. 언제까지 이 맞지 않는 옷을 입고 있어야 하는 거냐?"

"조금만 참아라. 그보다 물어볼 게 있다."

"그래? 뭘 궁금해하는지 나도 궁금하군."

"태양신의 보고에서 생명을 창조하는 중이라는 걸 너도 알 것이다."

크투가가 고개를 끄덕였다.

"그래서? 뭔가 문제가 생겼나? 아아, 방금 그 폭발이 그 문제와 연결되어 있는 모양이군. 어쩐지 마력의 파동이 평범하진 않더라니."

평소보다 말이 많았다. 그만큼 이 장소가 그에겐 많이 지루하단 뜻이었다.

그러나 어느 정도 일이 정리될 때까지 크투가는 이 자리를 지켜줘야 했다.

해서, 아예 그 부분을 무시한 채 말했다.

"이제 막 모양을 빚어 생명으로 일깨우고 있지만, 무언가가 부족한 것 같다. 그들이 '엄마'를 찾더군. 무슨 의미인지 아나?"

"말 그대로의 의미다."

"……말 그대로의 의미라고? 신들이 생명을 창조할 때도 그런 구분이 필요한 건가?"

"이놈아, 너는 신이 아니다. 신성은 갖고 있지만 그뿐이야. 나의 불과 태양신의 보고, 그리고 네가 가진 신성이 결합되어 우연히 가능하게 됐을 뿐."

맞다. 진정한 생명의 창조는 신만이 할 수 있는 일이다. 우연과 우연이 겹쳐 가능하게 되었다지만 아주 똑같을 순 없었다.

이맛살을 구기며 물었다.

"그럼 어떻게 해야 되지?"

"글쎄. 나는 정령이라 그런 건 잘 모른다. 하지만 오래 산 덕분에 대충 예상은 할 수 있지. 그래…… 잠자리를 가져보는 건 어떠냐?"

"여자랑 자라는 소리냐?"

"직설적으로 말하자면 그렇다. 그런데 너는 여태껏 여자랑 자본 적이 없는 거냐?"

잠시 고민한다.

과거에는 셀 수 없을 정도로 많았다. 회귀하기 전, 마지막 영웅이었을 때.

즐기진 않았지만 피할 수 없는 상황도 많았다.

하지만 회귀하고 돌아온 내 신체는 이제 막 고등학생이었던 상황. 여자와 접한 경험은 없었다.

그나마 있다면…….

'요르문간드.'

그것도 잠결이라 잘 모르겠다. 그녀의 독이 내 몸에 침투되었을 때, 언뜻 함께 잠자리를 가진 것 같기도 하다. 그러나 자세히 떠올려 보려면 내용이 전혀 기억나질 않았다.

있다 해도 덮쳐진 쪽이니까.

아니, 잠깐만. 그전에 우리엘 디아블로는 어떻지?

'설마 이놈도 동정인 건가?'

말이 안 된다고 생각했다.

천하의 데몬로드라는 놈이 그걸 한 번도 안 해봤다니.

하지만 기억이 없긴 하다. 우리엘의 기억을 상당 부분 엿봤다고 생각하는데, 사랑을 나누는 장면이나 대상이 떠오른 적은 없었다.

정작 라이라도 친딸이 아니었으니까.

'……순정을 지키기 위해 절제를 했다?'

미친.

설마 첫사랑을 못 잊어 동정을 유지했다거나 그런 건 아니겠지?

천하의 데몬로드가, 그 무지막지한 악의 화신이 사실은 동정이었다니!

한심하기도 하고 대단하기도 했다.

임금님 귀는 당나귀 귀에 비할 바가 아니다. 내가 느낀 충격은 우주가 폭발하는 것과 비슷했다.

"……잘 모르겠다."

"쯧쯧, 덩치만 큰 멍청이였군. 인간이나 마족이나 그 짓에 목숨을 거는 놈도 많은데 말이야."

"정말 그런 뜻이라고?"

"이왕이면 좋은 여자와 사랑을 나눠라. 보아하니 그것도 꽤 영향을 많이 끼칠 것 같구나. 생명의 결합이란 내 기준에선 참으로 비효율적으로 보이긴 한다만."

크투가가 어깨를 으쓱했다.

나는 잠시 눈을 감았다.

혹시가 역시였다. 크투가가 하는 말하니 신빙성은 꽤 높았다. 녀석은 계약에 의해 내 발가락이라도 핥아야 할 처지이므로.

"아, 참고로 두 개의 생명이니 두 명이 필요할 게다."

탁.

이마를 짚었다.

"흐흐흐! 네가 당황하는 걸 보니 이 지루함이 조금은 가시는군. 내가 어떻게 하는지 좀 가르쳐 주랴?"

그것을 본 크투가가 음흉하게 웃었다. 정말, 아저씨가 따로 없었다.

마음먹기에 따라 바로 해결할 수도 있는 문제지만, 반대로 생각하면 바로 해결하기 어려운 문제이기도 했다.

게다가 또 다른 문제가 생겼다.

"태양왕님의 아이를 낳고 싶어."

"제 아이를 낳아줘요!"

"아아……."

변화가 생겼다. 나를 바라보는 시선에 대한 변화였다.

특히 수컷보단 암컷 쪽의 변화가 극심했다.

마치 특수한 페로몬이라도 흩뿌리고 다니는 것 같았다.

하루에도 몇 번이나 여자 마족이 집으로 침입해 들어왔다. 길을 걸으면 아예 대놓고 상의를 벗어 던진 채 유혹하는 마족이 있을 정도였다.

인간과 마족의 도덕성이 다르고, 특히 마족의 경우엔 마음에 들면 여자건 남자건 저돌적으로 돌진하는 부분이 있는 듯싶었다.

'미치겠군.'

남자라면 마땅히 좋아해야 할 상황이나…….

물론 딱히 싫은 상황은 아니다. 그러나 곤란한 상황인 건 분명했다.

아마도 내가 빚은 생명체들의 염원이 내 신성까지 건드린 것 같았다.

설마 이런 사태가 벌어질 줄은 꿈에도 몰랐으니.

'날이 갈수록 심해진다.'

여자 마족들의 저돌성은 날이 갈수록 심화되었다. 집에 쳐들어오는 건 일상다반사요, 아예 잠복해 있다가 덮칠 때도 있었다.

목숨이 아까운 줄 모르는 행위. 그만큼 나의 매력이 강하다는 뜻일는지.

심지어 이 상황은 나이를 가리지 않았다. '여자'라면 모두에게 효과가 있었다.

설마 싶어서 마족이 아닌 다른 종족과 조우해 봤고, 그 결과 똑같은 결론에 다다를 수 있었다.

'성이 여자라면 다 매료된다.'

어디 만화에나 나올 법한 일. 아니, 만화에서도 유치해서 나오지 않을 그런 일이었다.

하지만 실제로 벌어졌고 심지어 종족의 구분조차 없으니 더욱 환장할 노릇이었다.

그나마 '격'이 있는 존재들은 조금 덜했지만.

"라이라, 너는 괜찮은 건가?"

"예, 괜찮습니다."

덜한 게 맞나?

일단 외견상으로는 괜찮아 보이긴 했다.

라이라는 일반적인 마족과 궤를 달리하는 존재였다. 무려 반신 발키리의 힘을 계승했으니 말이다.

그러나 그녀와 같은 특수한 존재가 그리 많을 리가 없다.

그래서 더욱 거점 바깥으로 나갈 수가 없었다.

문제는 계속 방치하자니 내 신체의 상태도 점점 나빠진다는 거다.

'날이 갈수록 더욱 문제가 커지고 있어.'

어떻게 해야 완만하게 수습할 수 있을까.

이 현상도 어차피 일시적인 것이다. 내가 죽기 전에 뭔가 성과를 거둬야 한다. 그러기 위해서 필요한 건…….

후우.

"아아, 우리엘 님. 정말 진심으로 당신을 원해요. 그 우람한 근육에 파묻힐 수만 있다면 무엇이든지 하겠어요."

이렇게 되자 가장 까다로운 건 스칼렛이었다.

다른 경쟁자들 중에서 가장 강력한 건 그녀였다.

일리언스 상단의 이름을 등에 업은 그녀는 여태 일개 마족들과는 차원이 다른 존재. 하물며 그녀가 가져온 공물은 당장은 없어선 안 될 정도로 내게 중요한 자금이었고, 때문에 라이라도 그녀에게만큼은 강하게 나갈 수가 없다.

"……아무나 안아보시는 건 어떻습니까?"

이쯤 되자 라이라도 참을성의 한계가 온 듯싶었다.

평소였다면 절대로 하지 않을 말을 꺼내는 걸 보니 말이다.

"아무나? 누구를 말이냐."

"당장 문 앞에 있는 스칼렛도 좋은 상대입니다. 더 자세하게 알아보니 그녀야말로 일리언스 상단의 숨은 실세더군요. 그녀를 얻으면 전력이 두 배는……."

말을 하던 라이라가 잠시 입을 닫았다. 그리고 침을 꿀꺽 삼키곤, 이마에 난 땀을 짧게 훔쳤다.

애써 괜찮은 표정으로 이어서 말했다.

"두 배는 강해질 겁니다. 아니면 이번 기회에 3군단장을 우리 편으로 끌어들일 수도 있을 겁니다. 그녀를 얻으면 성의 절반 이상을 거머쥐게 되는 것과 같습니다."

평소보다 말이 많다. 마치 무언가에서부터 관심을 돌리려는 듯.

“유망한 마족, 거대 도시의 지배자들도 그 대상이 될 수 있을 겁니다. 굳이 고민할 필요가 없습니다. 이만한 선택지가…… 으음.”

짧게 신음을 흘린 라이라가 고개를 돌렸다.

아예 내게서 시선을 돌린 다음, 다리를 떨며 한 발자국 물러났다.

“죄송합니다. 가, 갑자기 상태가…….”

저 행동이 무엇을 뜻하는지 모를 내가 아니다.

여태껏 바깥에서 숱하게 봐온 모습이었으니까.

‘라이라조차도 버틸 수 없을 줄이야.’

아무래도 내 생각보다 흩뿌리는 페로몬의 강도가 훨씬 강한 모양이었다.

라이라가 식은땀을 흘리며 몸을 비틀거렸다. 숨을 가다듬으며 상태를 회복하려 했지만 그럴수록 안색만 창백해질 뿐이었다.

이어 그녀의 눈이 내게로 향했다. 동공이 크게 흔들리고 확장됐다. 그러곤 천천히 손을 뻗어 내 얼굴로 향했다.

하아아아…….

짙은 숨결이 지척까지 닿았다.

하지만 나는 다가오는 그녀의 손길을 쳐 냈다.

"정신 차려라."

"아……."

외부의 충격이 가해지자 그제야 조금은 정신을 차린 듯 그녀의 눈빛이 돌아왔다.

하지만 자신이 하려 했던 행동을 되짚고는 당황한 표정을 지어 보였다.

지금 내 상태는 정상이 아니다. 내 안의 무언가가 여자를 매혹시키고 있었고, 육체와 정신에 강하게 작용하여 발정을 유도하는 것이었다.

'자체 발정제라니. 미쳐 버리겠군.'

자체 발광은 들어봤지만 이건 그 경우를 아득하니 넘어섰다. 우리엘 디아블로가 천년동정이었던 것이 한꺼번에 폭발하듯 부작용을 낳은 게 아닐지 하는 생각마저 들 정도다.

반신 발키리의 피를 잇고 그 격조차 평범한 괴물과는 궤를 달리하는 게 라이라다.

내가 깨어나기 전부터 '전장의 표범'이라 불렸으며 몇 차례의 각성 끝에 어느 데몬로드조차 쉽게 건드릴 수 없는 존재가 되었다.

'안일했다.'

그래서일까.

언제나 다시 일어서는 모습을 봐서 그런지 내 마음 언저리에서 '라이라는 쓰러지지 않는다'라는 인식이 생긴 모양이었다.

작금의 상황에도 라이라만은 괜찮으리라 여긴 것이다.

"……씻고 오겠습니다."

찬물로 세안하며 정신을 차려야겠단 생각인지, 라이라가 빠르게 몸을 돌려 발걸음을 놀렸다. 하지만 그녀의 표정에 새겨진 당황과 수치를 나는 보았다.

'그녀는 프라이드가 강하지.'

탁.

이마를 짚었다. 내 앞에서나 얌전한 척을 하지, 본래의 라이라는 무척이나 용감하고 자존심 강하며 고집스럽다.

그것을 알기에 그녀가 얼마나 많은 충격을 받았을지 짐작할 수 있었다.

수치심에 혀를 깨물고 싶었을지도 모른다.

나를 오한성이라 받아들인 시점에서 그 강도는 훨씬 높았을 터.

"이 망할 몸뚱이."

한숨을 푹푹 내쉬며 몸 구석구석을 훑었다.

대체 어디서 매료의 힘이 나오는 걸까?

마력인지, 냄새인지, 나는 모르겠다.

누군가에겐 축복이라 불릴 수도 있는 일. 누군가 보면 배부른 고민이라 놀릴 일.

하지만 당사자인 내겐 떨떠름 자체인 그런 일이었다.

인산인해.

왕이 가진 매력에 성의 모든 '암컷'이 모여들었다. 순식간에 소문이 돌고, 이제는 직접 얼굴을 보지 않아도 그 근처에 다다르면 자체적으로 매료가 되는 것이다.

그 강렬한 향이 순식간에 성을 뒤덮자 문제가 생겼다.

"태양왕이 이상한 마법을 사용한다."

"태양왕은 멸종됐다 전해지는 인큐버스가 아닌가?"

"성내의 모든 여마족을 왕이 강탈해 갔다."

남은 수컷들은 소외되고, 극적으로 버림받는 경우도 생겼다.

이쯤 되자 태양왕을 '인큐버스'라고 여기는 작자들이 있었다.

인큐버스는 고대종이며, 이미 소실된 종족. 전쟁에 밀려 멸망당한 그 비운의 종족의 마지막 생존자가 아닌지 말이다.

이는 굉장히 불명예스러운 소문이었다.

"백색의 왕은 전대미문. 그가 인큐버스였기 때문에 백색이 나온 것이다."

'백색의 왕'이었던 게 연결되어 악의적인 소문이 의도적으로 퍼져 나갔다.

아무리 마족이 전투 종족이라 할지라도 번식은 본능이다. 자신과 짝짓기를 하던 대상이, 아내나 딸이 다짜고짜 자기를 버리고 떠난다면 화가 날 수밖에 없다.

정작 소문의 당사자인 우리엘 디아블로는 집에서 나오질 않으니 소문은 계속해서 부풀려지고, 실제의 상황도 더욱 악화만 되어갔다.

이 상황을 타파하기 위해선 특단의 조치가 필요했고, 우리엘 디아블로는 결국 결단을 내렸다.

「작금의 현상은 태양신의 가호이다. 하지만 가호의 힘이 너무 강해 마력이 미쳐 날뛰니, 그 마력이 하늘에 닿아 짐의 매력이 뭇 여인들의 가슴을 무너뜨리는 바, 이 사태를 진정시키기 위해 짐의 반려를 구하는 시험을 치르겠다.」

결혼 공고다.

공고가 나가고 태양성이 다시 한번 발칵 뒤집어졌다.

공고의 내용이 사실이라면 이는 유례가 없던 일. 무려 태양신의 가호가 이만한 상황을 만든 것이다.

순식간에 인큐버스라는 소문이 지워지고 그 자리를 탐내는 작자들이 넘쳐 나게 되었다.

왕이 직접 '반려'라는 단어까지 사용했으며 신의 가호로 인해 태어난 자식은 역대의 어느 왕들보다도 강할 것이란 이야기가 여기저기 퍼져 나갔기 때문이다.

-왕의 반려가 되어 아이를 낳아라!

-그렇다면 차기 왕의 자리는 떼놓은 당상이다.

반려라고 했지만, 왕이 몇 명의 반려를 둘지는 마족들도 짐작하지 못했다.

하지만 하나는 아닐 것이다. 역대의 어느 왕들도 자신의 짝을 하나만 둔 경우는 없었으므로.

문제는 '시험'인데, 여마족들은 어느 시험이든 감내해 내겠다는 의지를 보였다.

태양성 모두의 관심이 '우리엘 디아블로'에게 집중된 순간이었다.

이 모든 건 '코로나'의 작품이었다.

나는 왕이고, 악의적인 소문을 용납해선 안 된다. 반대로 그 소문을 한 번에 뒤집을 카드는 이것밖에 없다는 게 그의 의견이었다.

왕의 반려를 구하는 공고를 내려라.

'명분은 좋군.'

반대할 도리가 없었다. 지금의 상황은 충분히 비정상적이다. 게다가…… 이 상태를 이용해 억지로 누군가를 품는 건 마음에 내키지 않는다.

가장 걸리는 건 라이라였다.

그녀의 상태가 심각해지고 나는 일부러 그녀를 내게서 떼어놓았다.

그녀가 사랑하는 건 내가 아닌 우리엘 디아블로. 억지로 품은들 프라이드 높은 그녀에게 큰 상처만 남기게 될 것이다.

결국 이 사태를 해결하기 위해선, 명분을 내세워 반려를 구할 수밖에 없다.

'영웅 중에서…… 유명한 바람둥이가 있었지. 죽기 전까지 십만 명의 여자를 품는 게 소원이라고 했던가.'

별난 놈도 있었다. 그 녀석은 자신만의 하렘을 만드는 게 꿈이라고 했다.

그리고 지금 내 상황은 그 녀석의 꿈조차도 아득히 뛰어넘고 있었다.

576,433명.

'내 반려가 되기 위해 시험에 도전한 참가자들의 숫자.'

오십칠만이라니.

이것도 몇 가지 조건으로 거르고 걸러낸 숫자다.

최소한의 조건마저 걸지 않았다면 천만 단위를 가뿐히 넘어 버렸을 테다.

-성인일 것이며, 노쇠하지 않았어야 한다.

-처녀이며, 태양신에 대한 신앙이 굳건해야 하고.

-몸이 상처 하나 없이 깨끗해야 하며.

-최소 다섯 가지 이상의 마법을 사용할 줄 알고.

-시험재료로 준비한 돌덩이(250㎏)를 한 손으로 들어야 한다.

이 조건들은 태양교의 교주 코로나가 준비한 것이었다.

신의 아이를 낳아야 하니 그만큼 신체에 관한 규율만은 까다롭게 본대나.

그다지 신경을 쓰고 싶지 않아 알아서 하라고 했더니 이렇게 되었다.

거르고, 걸러서 선정된 게 무려 57만.

'이젠 나도 모르겠다.'

내 코가 석 자였다.

나 좋다고 몰려든 이들을 막무가내로 내칠 수도 없는 노릇 아니겠나.

반쯤은 포기했다.

게다가 내 상태도 나날이 안 좋아지고 있었다. 아마도 본체의 상태가 악화되어 가고 있기 때문일 것이다.

"왕이시여, 직접 참관하시어 이들의 용기를 북돋아주십시오."

코로나는 여기에 한 가지 조건을 더 붙였다.

직접 참관이라니.

"꼭 해야 하나?"

"성을 하나로 만들 기회입니다. 그들 모두를 품게 된다면 태양이 만물을 비추듯 세상이 바뀔 겁니다."

코로나의 눈이 부담스럽게 반짝였다.

그는 나에 관한 일이라면 목숨을 걸고 해낸다.

아마도 내 반려를 구하는 일이 무슨 사명인 양 생각하는 모양이었다.

그래, 좋다. 악의는 없으니까.

다 좋은데.

'날 두 번 죽이는군.'

과거에도 해본 적이 없는 결혼을, 이 몸으로 하게 생겼다.

웅성웅성.

성의 중심부. 시험장으로 지정된 장소는 마족들로 들끓고 있었다.

그들 대부분이 왕의 반려가 되고자 찾아온 여마족들이며 합격하지 못한 이들도 내 얼굴이나 한번 보고자 자리를 꿰어 찬 것이다.

나는 무겁게 높은 자리에 앉았다.

444개의 계단이 준비되었고, 태양과 용이 그려진 딱 봐도 부담스러운 의자 위에 묵직하게 앉아서 가만히 그들을 지켜보는 게 이번에 내가 해야 할 역할이었다.

"첫 번째 시험은 지혜를 겨루는 장입니다. 신의 아이를 잉태할 모체는 그만큼 현명하고 명석해야 하는 법. 열 가지 문제를 준비했으나 하나라도 틀리는 경우에는 탈락으로 처리하겠습니다."

교주 코로나가 내 대리자가 되었다.

그리고 탑의 위에서, 킥킥대며 크투가가 나를 바라보는 게 느껴졌다.

-이만한 장관은 나도 거의 본 적이 없구나. 크크큭. 역시 넌 재밌는 놈이야.

'닥쳐라.'

-차라리 전부 안지 그러냐? 저 중에 하나만 고르는 건 너무 무자비하지 않냐? 다 너 좋다고 모인 암컷들인데 말이야.

-아니면, 그거냐? 고자냐? 너 사실 거시기 없는 거 아니냐? 내가 봐온 수컷들은 그저 할 수만 있으면 좋아한 놈들이 대부

분인데 말이야.

이놈은 아저씨가 분명하다.

머릿속을 울리는 크투가의 목소리를 애써 무시했다.

지금의 나는 무척이나 예민하다. 여마족들이 나를 바라보는 시선이 무시무시했던 탓이다.

10가지 문제는 주로 심연이나 태양교, 그리고 나에 관한 것이었다.

'어쩐지 이것저것 꼬치꼬치 캐묻더라니.'

코로나의 철두철미함에 혀를 내둘렀다.

모든 것에 통달하지 않고선 반려의 자격이 없다는 뜻일까.

아홉 문제에 도달할 때까지 무려 절반이 떨어졌다. 57만 명 중에 28만 명가량이 남은 것이다.

그래도 아직 많다. 그것을 느꼈는지 코로나의 표정이 삼엄해졌다.

"마지막 문제는 태양왕의 신상에 관한 것입니다. 왕께서 탄생한 서력을 각자 준비한 종이에 마력으로 적으십시오."

시험자 대부분이 난색의 표정을 지어 보였다.

하지만 우리엘 디아블로가 본래 태양성 출신이라는 이야기는 꽤 유명하다. 정말 관심이 깊었다면 어떻게든 알아낼 수 있는 범위의 문제였다.

이어 엄청난 탈락자가 속출했다.

28만 명 중에서도 이 문제를 맞힌 여마족은 1만이 채 되지 않았다.

'생각보다 많군.'

하지만, 꽤 놀랐다.

무려 일만 가까이나 남은 것이다.

진짜로 내게 관심이 깊지 않고선 알아낼 수 없는 부분일진대.

단순히 매료된 게 아니라 그 이상의 무언가가 있어야 알 수 있다고 여겼다.

아니면 아직도 나는 이 매료의 힘을 과소평가하고 있는 걸까?

하여간 대다수의 탈락자는 눈물을 머금고 시험장을 떠났다. 간혹 참을 수 없는지 달려드는 자들이 있었지만, 삼엄한 경비 속에서 철저하게 제재당했다.

"다음 시험은 서로의 정신력을 겨루는 장입니다. 그대들은 마력을 제한받고 특별히 마련된 장소에서 삼 일간 머물게 됩니다. 포기는 자유이며, 쓰러지는 순간 탈락입니다. 무리하다간 백치가 될 수도 있으니 조심하시길 바랍니다."

나는 내심 한숨을 내쉬며 고개를 끄덕였다.

앞으로 3일은 이 장면을 안 봐도 된다는 것이다.

여유가 생기자 턱을 쓸고 주변을 바라봤다.

그러고 보니 라이라는 어디 간 거지?

쿠우우웅!

문이 닫혔다. 어둠만이 가득한 동굴의 안. 묘한 마력의 기류로 인해 발을 들일 때부터 전신에 소름이 끼치는 공간이었다.

1차 시험에서 합격한 여마족들은 동굴의 안으로 들어가 정신력을 겨루는 시험을 받게 되었다.

문제는 마력이 금제된 상태로 미지와 싸워야 한다는 것.

"숨을 쉬기가 힘들어……."

"너무 추, 추워."

마족은 마력과 함께 살아가는 동물이라 해도 과언이 아니다.

모든 행동에 마력이 깃들도록 훈련하는 그들이 마력의 금제를 당한 순간 이상 현상을 보이는 건 당연한 일이었다.

호흡곤란, 맹렬한 추위, 몸을 움직이는 사소한 동작조차도 어색하게 느껴지는 것이다.

'한 톨의 마력도 없구나.'

스칼렛은 자신의 손목을 바라봤다. 거대 상단의 딸이라는 그녀의 입지도 이곳에 오는 순간 똑같아져 버렸다.

이 공간은 아예 마력이 없도록 설비된 곳이다.

들어오기 전, 특수한 돌을 이용해 모든 마력을 빨아내고, 고위 마법사들이 직접 체크하며 마력이 흘러들어오는 걸 방해하는 팔찌를 착용시켰다.

한데 거기서 그치지 않고 마력이 아예 없는 공간에 가둬두다니.

'발가벗겨진 기분이야.'

수많은 군중 앞에 맨몸으로 발가벗겨진 기분이었다.

스칼렛이 고개를 저었다.

도리어 모든 마력이 없어지자 약간의 이성이 돌아왔다.

그, 우리엘 디아블로에게 느꼈던 욕정이 조금은 사그라든 것이다.

'그 정도로 이성을 잃은 건 처음이었지. 지금도 그를 보면 어떻게 될지 모르겠지만, 어쨌든…… 이 시험에서 이겨야 하는 건 똑같으니까.'

이러나저러나 스칼렛의 목표는 우리엘 디아블로의 반려가 되는 것이었다. 마침 그 자리를 마련해 줬으니 질 생각은 없었다.

상단에서 그녀는 숨은 실세로 통한다. 그만큼 강인하고, 현명하다는 이야기다. 단순히 능력만 가지고 상단 하나를 '3대 재벌'로 키워내진 못하니까.

"주목. 이쪽을 봐주십시오."

동굴에 들어온 건 시험을 받는 여마족들만이 아니었다.

시험을 주관하는 소수의 자격자가 함께 자리한 것이다.

그들은 몸집만 한 지팡이를 곳곳에 꽂아두었다.
도합 10개.
"이 지팡이는 그대들이 가진 '진정성'을 비추는 거울의 역할을 할 겁니다. 정신에 강한 시련을 줄 것이며, 자신을 극복한 자만이 지팡이를 부술 자격을 갖추게 됩니다. 하지만……."
모두가 침을 꿀꺽 삼키며 바라봤다.
지팡이에서 흘러나오는 마력은 결코 호의적이지 않았다.
강력한 흑마법. 지팡이 내부에 마력을 심어둬 발동하게 만드는 방식이라 아주 강력하진 않을 테지만, 마력이 없는 상태인 여마족들에겐 치명적이다.
말마따나 죽을 수도 있을 테지.
"지팡이가 비추는 거울과 마주하게 되면 반대로 자신을 잃을 가능성도 있습니다. 백치가 될 수도 있으며, 정신이 과열해 죽는 이들도 나올 테지요. 기권은 자유입니다. 땅을 세 번 강하게 두드리면 기권으로 알고 동굴 바깥으로 빼내어 드리겠습니다."
"저……."
휘이이이잉!
누군가가 무언가를 물을 틈도 없이 시험이 시작됐다.
그 순간 일만 여의 여마족들이 동시에 경직했다. 시간이 멈춘 듯 신체가 멈추고 눈동자가 풀리며 지팡이의 마력에 잠식

당한 것이다.
하지만 이 상황에 시험을 관장하는 자들도 당황하긴 매한가지였다.
"뭐야? 발동어를 외치지도 않았는데?"
"차례대로 지팡이가 빛을 발해야 정상이지 않나? 왜 동시에…… 꺼억!"
"너, 너희는 누구…… 아악!"
푸욱!
불현듯 두 명이 로브를 벗고는 다른 이들의 뒤를 습격했다.
순식간에 벌어진 일이었다.
그리고 엄청난 실력자였다. 손이 움직일 때마다 몇 명이 한꺼번에 죽어 나갔다.
등을 찌르고 모두 죽은 것을 확인한 다음에야 둘이 고개를 끄덕였다.
"이 작전이 밖으로 새어 나가진 않았겠지?"
"이 기회를 잡기 위해 우리는 엄청난 노력을 했다. 그 철두철미한 코로나조차도 낌새를 느끼지 못했으니."
"마법을 바꿔치기하는 것도 성공했고…… 이제 지켜보기만 하면 되는 건가?"
"그래, 여기서 합격한 열 명이 우리엘 디아블로의 목을 칠 거다. 전혀 의심하지 못한 상태로 놈의 목을 찌르겠지. 이 마법은 그런 마법이니까."

"시체는 어떻게 처리하지?"

"'변신수'를 괜히 준비한 게 아니지. 죽은 이들의 뇌를 모아라. 변신수가 그들의 흉내를 낼 것이다."

"……일단은 성공적이군."

"모든 건 '둠'의 뜻대로."

"둠의 뜻대로."

대화를 끝마친 둘은 죽인 자들의 머리를 갈라 뇌를 모으기 시작했다.

다소 기기괴괴한 장면이었지만 누구도 둘의 행동에 제재를 가하지 못했다.

일만 여의 여마족은 모든 마력을 금제당한 채 지팡이의 마법에 홀려 있는 상태였기 때문이다.

진실을 발하는 거울이라.

'그래 봤자 환상.'

스칼렛은 대수롭지 않게 여겼다.

그녀는 자기 자신에게 거짓말을 하지 않기 때문이다.

필요에 의해 연기를 하긴 하지만, 그것 또한 자기 자신이었다.

한마디로 그녀는 스스로를 너무나도 사랑했다. 그런데 진정한 자신과 마주 보라? 어느 시험보다 간단한 것이지 않나.

"스칼렛, 상단이 망해가고 있다. 어찌하면 좋겠느냐?"

과거의 모습이다. 스칼렛은 피식 웃고 말았다. 어느 상단에게나 한 번쯤 온다는 경영난. 일리언스 상단도 그런 위험을 맞은 때가 있었다.

당시와 같은 상황이 연출됐다. 다시 한번 위기를 기회로 만들어 보라는 뜻일까?

"발주하는 품목을 줄이고 주력 상품만 판매하도록 해요. 우리에게 필요한 건 고급화 전략입니다."

그때와 같은 말을 다시금 입에 담았다.

그녀의 '능력'은 그녀의 행동으로 말미암아 결과를 도출해내는 것. 그녀가 무언가의 행동을 보이면 그 결과의 윤곽이 어느 정도 머릿속에 그려지게 되는 것이다.

그리고 그녀의 이번 전략은 매우 성공적이었다.

……과거에는 말이다.

하지만 '시험'이라 여긴 이곳에선 달랐다.

"다른 거대 상단들이 우리의 전략을 눈여겨본 듯싶다. 놈들의 자본 앞에서 우리가 할 수 있는 게 없어."

전략은 실패했다.

암살자들이 쳐들어와 아비와 어미의 목을 베어갔다.

상단은 몰락했고 그녀는 거리로 나앉게 되었다.

'단순한 시험이 아니었나? 왜 이렇게 생생한 거지?'

너무나도 생생했다.

조금씩 이게 시험이라는 의식이 흐려지고 있었다.

하지만 스칼렛은 포기하지 않았다. 가지고 있는 소자본을 시작으로 다시금 재출발을 하자고 마음먹었다.

그리고…… 실패했다.

그녀의 능력이라면 절대로 실패해선 안 된다. 도박을 해도 언제나 승리하게 마련이었건만, 그녀의 능력이 계속해서 빗나가기 시작했다.

거의 실패해 본 적이 없는 그녀가 연속된 실패로 인해 수축되었다.

'어, 어떻게 해야 하지? 이대로 끝나는 건가?'

머릿속이 하얗게 물들었다.

처음으로 맛보는 패배감. 하루하루 피가 말랐다. 이제는 시험이란 단어조차 머릿속에서 지워져 버렸다.

이곳은 또 다른 현실이었다.

'아니면 모든 게 내 꿈은 아니었을까?'

승승장구하여 상단을 일으켜 세우고, 우리엘 디아블로에게 발걸음을 옮겼던 그 모든 게 사실은 꿈이었던 게 아닐까.

현실과 꿈의 경계가 모호해졌다.

"정신 차려."

짜악!

그때였다.

누군가가 자신의 뺨을 세게 걷어붙였다.

정신이 아찔해짐과 동시에 눈살을 찌푸리며 상대방을 바라봤다.

"넌…… 누구야?"

전신을 가린 갑주와 투구. 목소리도 굉장히 모호하다. 남자인지 여자인지, 젊은 건지 늙은 건지 모르겠다.

"스스로에게 더 자부심을 가져. 네가 해온 일들은 내가 부러워할 정도로 대단한 것들이니까."

"모두 다 실패했잖아. 상단이 사라지고 재출발조차 하지 못했어."

"여기선 실패가 당연한 거니까. 너는 실패에 면역이 없을 뿐이야. 그래서 더 심각하게 받아들이는 거고. 사실은 별거 아닌데. 누구나 다 실패를 경험하는 법이니까. 하지만."

그가 이어서 말했다.

"지금의 너와는 싸울 마음이 안 들어. 스칼렛, 일리언스 상단의 숨은 실력자. 작은 변두리 상단을 3대 상단으로 끌어올린 너의 능력을 믿어. 그래야 나도 싸울 마음이 생기거든."

"싸운다고? 내가 그쪽이랑?"

"하나밖에 없는 걸 나눠 가질 순 없잖아?"

휘이잉!

그 말만을 남기고, 마치 재가 되듯 먼지가 되어 '그'가 사라졌다.

싸우다니. 대체 뭘 두고 싸운단 말인가?

'아…….'

그제야, 그녀는 다시금 현실을 깨달았다.

한 번 쓰러졌다고 다시금 못 일어날 거였다면 일리언스 상단을 이처럼 키우지 못했을 것이다. 그녀의 능력도 모든 걸 100% 맞추진 못하는 탓이다.

그럴 때마다 그녀는 다시 일어났고, 다시 싸웠다.

'이 정도로 포기해선 스칼렛이 아니지.'

스칼렛은 인영이 사라진 장소에 시선을 던졌다.

그녀는 현명하다.

약간의 깨달음만으로도 더욱 많은 걸 건질 수 있었다.

다시금 스칼렛이 움직였다. 계속해서 실패한다면 성공할 때까지 앞으로 전진할 뿐이었다.

그러자…….

툭. 투둑. 투두두둑.

세상이 무너지기 시작했다.

이 시험의 공간에서 승리했음을 의미하는 증거.

스칼렛은 몸을 풀었다. 자신에게 씌워졌던 패배의 망령을 짓밟고 고개를 들어 하늘을 올려다봤다.

'누군진 모르겠지만, 후회할 거야.'

무언가를 놓고 싸운다면 절대로 지지 않을 자신이 생겼다.

정신력을 시험하는 동굴에서 마지막으로 열 명의 여마족이 모습을 드러냈다.

스칼렛은 포함한 아홉 명이 최종 시험을 치르게 되는 것이다.

"이 열 명 중 한 명만이 태양왕의 품에 안기게 됩니다. 최종 시험은 심연에 있는 세 개의 달이 하나로 합쳐지는 '환락의 밤'에 진행하도록 하겠습니다. 그때까지 육체와 정신을 갈고닦으시길 바랍니다."

코로나가 말을 마치자 신도들이 열 명의 여마족을 수발들었다.

환락의 밤. 심연의 모든 괴물이 미치는 밤.

3년에 한 번 주기로 나타나는 그 밤이, 머지않아 온다.

그날 합격한 한 명만이 우리엘 디아블로의 반려가 된다는 이야기.

-환락의 밤이라. 참으로 우울한 이름이로군.

크투가가 탑의 위에서 아래를 내려다보며 혀를 끗끗 찼다.

3년 주기로 찾아오는 그 밤은 묘한 마력을 띠고 있다. 심연 전체의 마력이 요동치며 이상 현상이 곳곳에 일어나게 되는데, 그 밤의 일상을 크투가는 알고 있었기 때문이다.

-이번에는 어떠한 '가짜'가 나오려는가.

자신을 봉인했던 가짜 태양신. 놈도 환락의 밤에 갑자기 나타났다. 아무런 예고도, 징조도 없이, 하늘에서 뚝 떨어진 것이다.

가짜들은 그렇게 만들어진다. 가장 마력의 변동이 심한 환락의 밤에 중심적으로.

그리고 왜인지 이번엔 느낌이 좋지 않았다.

데몬로드들의 싸움이 종장으로 치닫고 있었고, 최근 심연의 변화가 심상치 않았던 탓이다.

-귀찮은 게 나타나지 않았으면 좋겠는데.

다시금 가짜 태양신 같은 놈과 만나는 건 사절이다. 물론 나타나도 이 몸이 있는 이상 전처럼 쉽게 당하진 않을 테지만.

문제는 오한성이다. 녀석의 상태는 생각보다 위중했다. 환락의 밤이 되면 놈에게도 분명히 영향이 갈 터.

자신의 일이 아니니 신경을 꺼도 되지만, 계약으로 묶였고 같이 여행을 떠나기로 한 이상 아주 남의 일이 아니게 됐다.

크투가가 한숨을 내쉬며 탑의 안으로 들어갔다.

이 둘에게 악의는 없었다.

선악과를 따먹고 에덴의 동산에서 쫓겨난 아담과 이브와는 달리, 이 둘은 그저 자신의 생존 본능이 시키는 대로 움직이고 있을 뿐이었다.

'줄다리기.'

나는 두 창조물과의 싸움을 줄다리기라고 평가했다.

둘은 부족한 것을 억지로 내게서 가져가고 애썼고, 나는 나 자신을 지키고자 이를 악물며 버티는 중이었다.

하지만 이 행위가 아무런 의미도 없는 것은 아니었다.

[잠재력이 상승합니다.]

[잠재력이 상승합니다.]

[잠재력이 상승……]

…….

미세하게나마, 이러한 행위를 거듭할수록 나의 성장 가능성 역시 높아지고 있었다.

이제 500을 넘어 그 이상을 바라보는 수치. 능히 최상위의 괴물로 거듭날 수 있는 그런 한계치를 가지게 된 것이다.

'잠재력이란 결국 나의 그릇.'

지금 나는 내가 가진 그릇을 다시 재정비하고 있는 셈이었다.

불필요한 부분을 빼고, 필요한 부분을 다시 가져와 적절한 부분에 추가하여 빚는, 그 일련의 과정으로 인해 내 그릇 자체가 커지고 있었다.

'내가 가진 불순물이 이렇게 많았다니.'

몇 번의 각성과 환골탈태를 통해 완벽한 신체의 상태로 완성된 줄 알았다.

하지만, '완전함'이란 존재하지 않는다는 걸 지금을 알 것 같았다.

어쩌면 신조차도 100%의 순수함을 지니진 않았을지 모른다. 불순물이란 단순히 신체만이 아닌 정신과 육체에도 쌓여 있는 것이므로.

그것을 이 두 아이를 통해 걸러내는 중이었다.

'서로 주고받으며 여과한다. 내게 필요한 것들만을 남긴다…….'

압축하는 과정이라고 해야 할까?

나는 조금 더 욕심을 부렸다. 내가 지닌 마력의 종류나 스킬과 같은 것들마저도 최대한 압축하고 싶었다.

그게 가능하다면 어마어마한 성장 가능성을 지니게 될 것이다. 어쩌면 이번에야말로 다른 데몬로드들의 위업에 닿을 수도 있었다.

'쪼개고, 쳐 내고, 남긴다.'

오로지 그것만을 하는 데 집중했다.

무아지경.

다른 생각은 하나도 들지 않았다. 나 자신조차도 잊어버릴 정도로 집중하여 새로이 그릇을 빚는 데 최선을 다하고 있었다.

'현장은 사막을 걸었다. 끝없이 걸으며 수많은 깨달음을 얻었다. 천마는? 천마는 사막을 만들었다. 하지만 자신만의 사막에 갇혀 결국 스스로를 잃었다. 그렇다면 나는…….'

현장이 걸어온 길, 천마가 걸어온 길을 떠올린다.

둘이 내게 준 것은 단순한 무공이나 심법 정도가 아니었다.

더욱 많은 것을 주고자 했다.

하지만 나는 그들조차도 넘어보려 하고 있었다.

무엇이 필요할까. 무엇을 해야 할까.

그런 건 처음부터 정해져 있었다.

'나는 바람이 된다. 사막에 갇히지 않고 더욱 먼 곳을 날아다니는 바람이.'

갇혀 있지 않겠다.

나 스스로 널리 움직이며 한계를 짓지 않을 것이다.

현장도, 천마와도 다른 답.

둘은 내리지 못했던 그 답을 나는 찾았다.

깨달음. 그릇을 빚으며 찾은 나만의 길.

[잠재력이 크게 상승합니다.]

[모든 능력치가 골고루 올라갔습니다.]

[모든 마력의 융해가 끝났습니다.]

[권능을 제외한 모든 스킬의 레벨이 상향됩니다.]

[태을무극심법의 중추를 깨달았습니다.]

[신체가 재조정됩니다.]

…….

…….

[신체의 재조정 끝에 여분의 능력치가 6 추가됐습니다.]

아!

대오각성(大悟覺醒)이라 해야 할 것이다.

내 안의 불순물을 최대한 제거하고, 정신을 맑게 하며 불현듯 찾아온 깨달음에 순응했다.

그러자 머릿속에 번개가 휘몰아치듯 전율이 남겨졌다. 시야가 넓어지고 더욱 깊게 모든 것을 느끼게 되었다.

하지만 이것은 나 혼자 이뤄낸 결과물이 아니다.

나는 천천히 내가 빚은 창조물들을 바라봤다.

'너희들이 나를 도와줬구나.'

둘은 나를 위협하면서도 동시에 돕고 있었다.

내 정신이 무너지지 않도록 나와 연결되며 유기적인 교환을 계속하고 있었던 것이다.

말하자면 큰 깨달음 앞에 내 정신이 빨려 들어가지 않도록 붙잡아주는 역할을 해주었다.

나의 그릇이 넓어지자 덩달아 둘도 함께 영향을 받았다.

'너희는 결국 나를 닮게 되어 있는 모양이군.'

피식 웃고 말았다. 둘의 형태는 내가 빚은 모양에서 조금씩 엇나가기 시작했지만, 스스로의 길을 찾아 천천히 자신만의 형태를 찾아 나가는 중이었다.

'상태창.'

나는 숨을 크게 들이마시며 상태창을 열었다.

이름: 오한성

직업: 천지인(天地人)

칭호:

- 오한성(無, 순수마력 10당 모든 능력치+1)
- 대라선(10Lv, 지능+20)
- 타오르는 샛별(8Lv, 지능+13)
- 전장의 싸움꾼(7Lv, 힘+4 체력+7)

능력치:

힘 102(89+13) 민첩 103(89+14) 체력 112(89+23)

지능 136(89+47) 마력 103(89+14)

잠재력(445+111/560)

잠재 능력치: 10

특이사항:

-'폭식'이 활성화되어 있습니다.

-더 이상 변신 시 변형되지 않습니다.

-악 성향과 선 성향의 비율이 53:47입니다.

모든 순수 능력치가 89에 수렴했다. 재조정되며 균형 있게 그릇을 빚은 결과인가 싶었다.

이로써 내 종합 능력치는 559에 도달했고, 이는 어지간한 데몬로드와 겨뤄도 충분한 수치였다.

게다가.

잠재력 수치를 본 순간 눈이 휘둥그레졌다.

'560.'

우리엘 디아블로가 지닌 순수 잠재력의 한계치보다 높다. 오히려 내 신체의 상태가 잠재력 한계치를 아득하니 못 따라가고 있는 수준이었다.

시련을 겪고, 새로이 빚으며 가파르게 성장했지만 아직도 저 한계치를 채우려면 한참 멀었다.

하지만 이게 나쁘다는 건 아니다.

'잠재력이 높을수록 더욱 빠르게 성장할 수 있지.'

모든 일이 그렇다. 최대치가 높으면 중간 과정이 빨라지게 되어 있다.

그래서 잠재력이 낮은 사람은 성장이 더디고, 영웅이라 불린 사람은 남들보다 더욱 두각을 나타내는 게 바로 이 때문이다.

한데 560이라니.

'상상도 안 가는군.'

내게는 누구도 따라올 수 없는 보정 수치가 있다. 둘이 합해져 최대치를 찍으면 둠조차도 나를 상대할 수 없을 것이다.

물론 그가 다른 데몬로드를 학살하며 능력치를 올린대도, 충분히 자웅을 겨룰 수 있을 터.

또한 잠재 능력치 10은 무엇과도 바꿀 수 없는 내 마지막 보루였다.

'스킬의 레벨도 상승했지.'

내 신체 상태만 변하진 않았다.

모든 것에 변화가 생겼다.

스킬: 냉혈(7Lv), 칠흑의 손길(7Lv), 진·탈혼무정검(8성), 백보신권(8성), 금강불괴(8성), 태을무극심법(7성)

변한 것들은 이와 같았다.

'마력과 숙련도가 필요한 스킬의 레벨이 중점으로 올라갔군.'

아마도 내 신체 상태가 최적화되며 지지부진했던 부분이 보완되어 스킬의 레벨이 올라간 듯싶었다.

하여간, 엄청난 실적이다. 뜻하지 않은 이득이었고.

그래서 더욱 기뻤다.

'고맙다.'

알아들을지는 모르겠지만 진심을 담아 내가 빚은 생명들에게 고마움을 전했다.

덕분에 신체의 상태가 조금은 더 좋아졌으니까.

그리고…… 다시금 전이했다.

'환락의 밤.'

심연에 진정한 밤이 찾아왔기 때문이다.

세 개의 달이 하나로 합쳐지자 하늘이 보랏빛으로 물들었다.

모든 생명체가 숨을 죽였다.

심연 전체에 풀벌레 소리 하나 나지 않는 듯했다.

정말이지 기묘한 광경이었다.

나조차도 심연에 이런 기후가 존재한다는 걸 이번에 처음 알았으니까.

"마지막 시험을 전달하겠습니다. 그대들, 최후의 열 분이 해결해야 할 문제는……."

쾅! 쾅! 콰르르르릉!

그 순간 보랏빛 번개가 사방에 휘몰아치기 시작했다.

크아아아아아아아아앙!

거대한 태풍이 비명을 내지르며 모든 것을 박살 냈다.

인상을 찌푸리며 자리에서 일어났다.

'벽이 뚫렸다.'

만약을 대비해 실력 있는 마법사들을 대거 투입했고, 그들이 성 전체에 보이지 않는 벽을 쳐 두고 있는 상황이었다.

그 벽이 형편없이 뚫려 버렸다.

'태풍 안에 무언가가 있군.'

이 태풍, 이 번개, 자연적이지 않다.

하여 그 안을 살핀 결과 또 다른 존재를 느낄 수가 있었다.

이토록 강렬한 존재라니.

'마치 태풍 그 자체인 듯한…….'

-헤르메스. 가짜의 등장이다.

쿵!

크투가가 내 단상 옆으로 내려왔다.

-내가 녀석을 맡으마. 너는 이제 곧 찾아올 '놈'을 막아라.

천마의 신체로 움직이며 크투가가 즉시 뛰어올랐다.

콰아아아아아앙!

태초의 격돌이 일어나듯, 크투가의 주먹에 태풍 중심부에 구멍이 뚫렸다.

그리고 그 중심부에서 빛나는 머릿결을 지닌, 무감정한 눈동자의 남자가 크투가를 무미건조하게 바라보고 있었다.

쿵! 쿵! 쿵! 쿵! 쿵! 쿠쿠쿠쿠쿠쿵!

하지만 그에게 신경 쓸 때가 아니었다.

저 멀리서 지축을 울리며 무언가가 다가오고 있었다.

내 시야로도 보이지 않지만, 분명히 강렬한 존재감의 무언가가 이곳을 향해 돌진하고 있다는 건 느낄 수 있었다.

'저 역시 가짜인가.'

이맛살을 구겼다.

아무래도 좋은 시간을 보내긴 그른 것 같다.

김민식은 크게 한숨을 돌렸다.

심연의 입구에 전진기지를 배치하는데 막대한 인력과 자원이 소모됐다.

심연의 괴물들은 일반적인 괴물과 궤를 달리하는 데다, 심연에 들어선 것만으로도 인간은 모든 능력치가 급히 저하되는 탓이다.

'온갖 축복과 신성한 물건으로 도배를 해놔야 겨우 능력치 저하를 막을 수 있군.'

악질적인 곳이다.

도합 3차로 인원을 들였으며, 심연에만 총 3,000명의 강자가 배치되었다.

하지만 이 숫자도 부족한 것 같았다.

"저, 전방에 초대형 거인 출현……!"

하지만 숨 돌릴 틈조차 없었다.

겨우 자리의 배치를 끝냈을 때, 척후병이 무언가를 발견한 듯 급히 소리쳤다.

그리고 발견했다.

쾅! 쾅! 콰아아앙!

압도적인 크기의 거인을.

족히 100m…… 아니, 그 이상이다.

뭐라 형용할 수 없을 정도의 크기였다.

게다가 전신이 불꽃으로 뒤덮인 상태.

그 거인이 정확히 이쪽을 향해 달려오고 있었다.

"모두 대피하라……!!"

본능적으로 막을 수 없다는 걸 깨달았다.

아직 저 적을 상대할 순 없다고.

자존심 챙길 때가 아니다. 도망가야 한다. 안 그랬다간 전멸을 면치 못할 것이다.

하지만, 어느 순간을 기점으로 갑자기 거인이 멈춰 섰다.

그러곤 하늘을 올려다보았다.

'저건?'

하늘에서 무언가가 떨어진다.

거대하기 짝이 없는 뱀 하나가.

캬아아아아-!

뱀은 떨어진 즉시 거인의 전신을 감쌌다.

거인이 미친 듯이 몸부림을 쳤지만 이내 축 늘어지며 절명했다.

그러자 뱀은 입을 벌려 거인을 삼켰다.

거인보다 거대한 뱀이라니.

놀라운 장면은 거기서 끝나지 않았다.

슈우우웅.

뱀이 줄어들었다.

그리고 폭발적인 아름다움을 뽐내는 여인으로 인화했다.

"……너는?"

"오오, 어쩐지 낯이 익은 인간이로군."

김민식은 저 여인을 본 적이 있다.

분명히, 그때. 오한성과 연관이 있었던 여인으로…….

"반가워 포옹이라도 해줄까 싶다만, 지금은 짐이 바빠서 말이다. 저 가짜들이 내 낭군을 노리고 달려들고 있거든. 아마도 나를 막기 힘드니 그를 노리는 것이겠지."

낭군? 막는다?

무슨 뜻인지 알아들을 수가 없었다.

이윽고 그녀가 김민식에게서 시선을 돌렸다.

"하여간 대피하거라. 너희 인간들이 이곳에서 할 수 있는 일은 없으니."

쾅!

그녀가 발을 뻗자 공기가 수축하고 터지는 소리와 함께 일순간에 사라졌다.

김민식을 포함한 삼천 명의 각성자 모두가 잠시 멍하니 그 광경을 바라만 보고 있었다.

"마, 마스터. 어쩌시겠습니까?"

겨우 정신을 차린 길드원 하나가 묻자 김민식은 고개를 끄덕였다.

"너희들은 대피해라. 나는 저 뒤를 쫓을 테니."

심연에서조차 이상 변화가 감지되고 있었다. 그것을 알아야 한다. 무슨 변화인지 알아차리고 대비해야 했다.

'왜 저 여자가 이곳에…… 그 뱀의 형태로 있던 거지?'

역시, 녀석은 자신에게 숨기는 게 있었다.

더불어 그녀를 쫓으면 녀석도 찾을 수 있을 것 같았다.

오한성.

'대체 너는 뭐냐?'

크투가는 '놈'이라 했지만 이쪽을 향해 달려오는 거인은 하나가 아니었다.

족히 다섯이 넘어 보이는 초대형의 거인들이 성을 향해 무자비하게 달려들고 있는 것이다.

어떻게 감당해야 하는가?

'감당하지 못할 것도 없지.'

슬쩍 시선을 돌려 위를 바라봤다.

크투가와 가짜 헤르메스의 싸움은 정말 신의 대결을 방불케 했다.

저 가짜가 가장 상대하기 까다롭기에 크투가가 직접 맡은 것이리라.

'우리엘 디아블로 역시 영향을 받았다.'

나는 안다. 나만이 알 수 있었다.

오한성. 본체의 그릇을 넓히고 정신과 영혼마저 확장했다. 우리엘 디아블로가 본체에 영향을 끼치듯, 본체 역시 우리엘 디아블로의 신체에 영향을 끼친다.

이미 한 차례 확인해 본 바가 있었다.

월천을 들고 태양왕과 대치했을 때, 분명히 본체의 검술을 더욱 능동적으로 사용할 수 있었던 것이다.

'비록 스킬을 사용할 순 없지만.'

우리엘 디아블로는 자신이 새로운 스킬을 익힐 수 없다고 했다. 본체가 아무리 많은 스킬을 익혀도 적용되지 않았던 이유다.

하지만, 굳이 스킬을 익힐 필요가 있는가?

'원리 그 자체를 익히면 되는 것을.'

천천히 월천을 들어 보였다.

그러자 신체가 호흡하며 월천과 교감을 이루기 시작했다.

몸이 알아서 반응하고 있는 셈이다. 그리고 월천을 다루기 위해 익혔던 본체의 기술들이 알게 모르게 조금씩 적용되고 있었다.

원리. 요체.

그러한 것들을 나는 중요시하게 되었다.

'태을무극심법.'

천천히, 숨을 들이마신다.

어쩌면 이것이야말로 '플라시보' 효과일지도 모르겠다. 내가 된다고 강렬하게 믿어서 신체가 반응하게 된 것일 수도 있었다.

하지만 효과는 확실했다.

스킬로 등록되거나 하지는 않지만, 마력이 신체를 돌며 세포 하나하나를 일깨우는 중이었으니!

"왕이시여, 이쪽을 향해 대형의 괴물 다섯 기가 달려들고 있습니다."

"군단장들에게 전해라. 북쪽을 내가 맡을 테니 나머지는 알아서 하라고."

"예?"

교주 코로나가 다소 당황스러운 표정을 지어 보였다.

가뜩이나 말 안 듣는 군단장들이다. 충성을 다하지 않는 자들에게 나머지 방위를 맡기겠단 뜻이냐고 묻고 있는 것이다.

"그들은 대단하지 않다. 그들의 능력이 보잘것없기에 내가 무시하고 있는 것이다. 하지만 마땅히 능력을 드러낸다면 나 역시 중히 사용하겠다."

능력을 그저 감추고만 있어선 무능력자와 같다. 그 힘이 나를 위해 사용되지 않는다고 하더라도 마찬가지다.

그러니 지금이야말로 능력을 보일 때였다.

"성이 공격받고 있다. 우리의 터전이, 우리가 두 다리로 서 있어야 할 장소가! 아직도 얕은 계산 따위에 휘둘려 뒤로 물러나 있을 작정이라면, 내가 단칼에 먼저 그놈의 목을 치리라."

그러니 알아서 해라.

내가 던지는 메시지는 확고했다.

이 발언 전부에 '용언'마저 섞었다.

말의 힘.

나의 말에 강렬한 신뢰를 섞는 준권능.

"그렇게 전하겠습니다."

내 말을 듣고 코로나의 눈에 비치는 심지가 굳어졌다.

그가 부리나케 떠나자 저 멀리서 조금씩 괴물의 윤곽이 보이기 시작했다.

자.

'정상적이진 않다. 환락의 밤이라 하더라도 주변의 반응을 보면 이런 일은 처음인 게 분명해. 바뀐 건 내가 이곳에 왔다는 것. 내가 이곳의 왕이라는 것.'

아무리 생각해 봐도 그 외엔 이유가 없다.

"내가 원인인가?"

-그래요.

크로노스. 공간을 접어 몸을 숨기고 있었던 그녀가 자못 심각한 어조로 말했다.

-왜인지는 모르겠지만, 그녀가 변했습니다. 아니, 변하고 있습니다. 그래서 변화의 원인을 없애려고 하고 있는 것 같아요.

그녀, 라타토스크. 이 모든 현상은 그녀의 꿈에서 비롯되었다. 하지만 그 원인을 제거하는 데 나를 공격한다는 건 뭔가 앞뒤가 맞지 않았다.

"내가 그녀에게 영향을 끼칠 만한 일을 했나?"

-모르겠어요. 하지만 연관이 있다는 건 분명합니다. 부디 조심하시길. 그대가 죽으면 모든 변화가 결국 허사로 돌아갑니다.

"나도 이젠 내가 정말 죽는 건지 의아해질 정도이니 걱정 마라."

죽을 만한 위기는 수없이 넘겼다. 이제는 '사실 나는 불사신이 아닐까?' 하는 착각조차 들 정도다.

하지만 조심은 해야겠지. 실제로 불사신은 아니니까.

쿵!

땅을 박차고 뛰어올랐다.

북쪽으로 달려오는 거인은 하나. 우선 저놈을 처치하고 다음을 생각해야겠다.

스칼렛은 주변을 둘러봤다.

갑작스럽게 상황이 변했다.

적.

강력하기 짝이 없는 적이 쳐들어오고 있다는 것쯤은 그녀도 느낄 수 있었다.

“아가씨, 피하셔야 합니다.”

하수인들이 불안하기 짝이 없는 눈초리로 그녀를 바라봤다.

그녀도 당황스럽긴 매한가지였다.

결과가, 결과가 보이지 않는다.

‘이런 적은 처음이야.’

본격적인 행동을 해야 명확한 미래가 그려지곤 했지만, 보통 적과 마주하면 윤곽이라도 나타나게 되어 있었다.

하지만, 아무것도 없다. 뿌옇기만 하다.

패배한다는 뜻일까?

여기서 자신이 죽는다고?

“저 거인들이 무엇인지 압니다. 문헌에서 읽어본 기억이 있습니다. 심연이 만들어질 때 그 기둥이 되었던 거인들. 저 거인들이 죽어서 심연의 땅이 만들어지고, 그들의 뇌수가 바다가 되었다는 이야기였죠.”

부상단주 오냐은 두려움이 가득한 얼굴빛으로 다가왔다.

스칼렛은 고개를 저었다.

“이야기일 뿐이에요. 세상에 존재하지 않는.”

"아닙니다. 아가씨, 최근 심연에서 일어나고 있는 특수한 일들에 대하여 알고 계시지 않습니까? 망자들이 되살아나고 있습니다. 우리엘 디아블로는, 이기지 못할 겁니다."

오냑은 신중하다. 그의 말은 틀린 적이 없었다. 하물며 싸움에 관해선 확실하다 해도 될 정도의 심미안을 가지고 있었다.

그렇다면 그의 말이 맞을 것이다.

"도망치라고요?"

"도망치는 게 아닙니다. 만에 하나라도 아가씨께 부담이 가는 일을 하고 싶지 않습니다. 잠시 물러난 후 상황을 보고 돌아와도 되지 않습니까? 어차피 저희가 할 수 있는 건 없습니다."

맞다. 전투를 잘하는 것도 아니고, 당장 상단의 물자가 필요한 것도 아니다.

그녀는 주변을 둘러봤다.

자신과 함께 온 9명. 최종 시험을 치르고자 모인 여마족들.

모두가 현명하고 아름다웠다.

하지만 자신을 포함은 그들은 그저 멍하니 바라만 보고 있을 따름이었다.

단 한 명만 제외하곤.

툭. 투둑.

한 여인이 자신의 피부를 뜯어냈다. 그러자 피부가 뜯기가 새로운 모습이 나타났다. 변장하고 있었던 것이다.

"라이라 디아블로……?"

스칼렛의 눈이 휘둥그레졌다.

라이라 디아블로. 그녀가 왜 이 시험에 참여한 거지?

그녀는 지체없이 검을 뽑고는 전장으로 뛰어들었다. 정말 단 하나의 고민조차 하지 않고서 북쪽으로 갔다. 우리엘 디아블로가 있는 그곳으로 말이다.

죽을 확률이 월등히 높다는 것쯤은 그녀도 알고 있을 텐데.

그제야 정신이 번쩍 들었다.

'혹시?'

정신력을 보는 시험에서 마지막에 자신을 도와줬던 갑주 입은 자가 그녀였을까.

저 모습, 저 자태, 영락없이 닮았다.

왜 그녀가 시험에 참여했겠는가.

그녀가 이곳에서 떠나기 전 보였던 눈빛.

간절하고, 호소적이며, 그리고…….

"……못 당하겠군요."

스칼렛이 고개를 절레절레 저었다.

그러곤 이어서 말했다.

"우리는 우리만의 방식으로 돕도록 하죠. 전투가 장기화됐을 때를 대비하겠어요."

"아가씨?"

"반론은 듣지 않겠습니다."

그래도 가만히 있는 건 패배를 시인하는 것만 같다.

승리의 화신인 그녀가 스스로 패배를 자인한다?

하, 있을 수 없는 일이다.

그녀 역시 무척이나 자존심이 강한 여자였다.

쾅!

주먹과 검이 부딪쳤는데 철갑을 때리는 소리가 났다.

'두꺼워.'

손목이 저릿했다.

월천이 베어내지 못할 정도로 피부가 두껍다니.

데몬로드의 힘이 더해졌는데 잠깐 흔들리고 마는 게 전부다.

압도적인 방어력. 어지간한 마족은 상처 하나 내지 못하겠다.

하지만…….

비틀!

거인의 다리가 일순간 비틀거렸다.

내가중수법. 겉이 아닌 내부를 파괴하는 게 내 공격법이었다.

껍데기가 아무리 튼튼해도 내부가 이리 부실해서야.

크아아아아!

문제는 하나가 더 추가되는 경우다.

자신의 동료가 당하고만 있는 걸 두고 볼 수 없었는지 동쪽에서 거인 하나가 막힘없이 올라왔다.

동쪽. 기억해 두자. 그곳을 맡았던 군단장을 크게 질책할 필요가 있을 듯싶었다.

'둘은 조금 힘들겠는데.'

크르르르르.

비틀대던 거인도 자세를 잡았다.

그리고 오로지 나를 죽이겠단 살의 하나만으로 다시 일어서선 주먹을 뻗었다.

쿠르르르르릉!

강렬한 풍압과 함께 바닥이 들썩거렸다.

풍압만으로도 살이 에이고 뼈가 바스라질 것만 같은데, 정면으로 맞았다간 뼈도 못 추릴 것이다.

하나면 충분히 피하지만 문제는 두 번째로 찾아온 녀석이었다.

빌어먹을.

합을 맞출 이성은 남아 있는지 쉴 새 없이 몰아붙였는데, 덕분에 공격할 틈이 나지 않았다.

정면으로 검을 뻗었다간 내 몸이 먼저 박살 날 테니.

'장기전으로 가면 승산이 있나?'

면밀하게 계산해 봤다.

결론은 'No'다. 크투가가 가짜 헤르메스와 싸우며 이긴다 하더라도 놈은 그 신체를 오랫동안 움직일 수 없다.

이대로 하나라도 더 추가되면 이길 수 없다.

'틈, 틈.'

하나를 빠르게 처리해야 한다는 결론에 도달했지만, 틈이 필요하다.

틈을 만들어줄 누군가가 있어야 했다.

목숨을 담보로 해야 한다는 전제 조건이 있기는 하지만, 아니라면 나도 죽고 이 성도 파괴될 것이다.

'암흑의 손길.'

꽈아아아아아아앙!

도리어 내가 틈을 보이고 말았다. 잠시 한눈을 판 사이에 거인의 주먹이 내게 닿았다.

암흑의 손길로 원형의 방어막을 펼쳐 어떻게든 버텨보려 했지만, 그대로 바닥을 긁으며 밑도 끝도 없이 밀려났다.

"커헉!"

폐가 망가진 것 같았다. 근육이 뒤틀리며 비명을 내질렀다.

머리를 털어냈다.

아무래도 다른 생각을 할 여유는 없는 듯했다.

'검은별은 하나에게만 쓸 수 있다. 쓰기 위해서 걸리는 시간도 무시할 수 없어.'

필살기는 있었다. 검은별. 하나의 대상에게 최강, 최악의 저주를 거는 우리엘 디아블로의 권능.

하지만 발동하기 위한 시간이 잠시나마 필요했다.

하나의 대상에게만 발동하지만, 그 하나가 완전히 마비되는 건 아니었다.

역시나 내게 필요한 건 찰나의 틈이었다.

"로드시여!"

고개를 돌릴 틈조차 없었다. 하지만 목소리를 듣고 알아차릴 순 있었다.

라이라!

"피해라! 휘말려선 안 돼!"

아서라. 라이라의 희생으로 얻어낸 틈 같은 건 필요 없다.

잠시라도 거인들과 대치했다간 그녀가 가루가 될 건 자명했다. 아무리 라이라가 빠르다고 하더라도 나조차도 피하기 버거운 거인들의 공격을 모두 피하진 못할 테니.

하지만 라이라도 내 상황을 보고 어렵다는 것 정도는 인지했을 것이다.

어떻게 해야 할까?

이대로 라이라에게 시선이 쏠리면 빠르게 하나를 제거할까?

하지만, 실패하면 그대로 라이라는 죽을 것이다.

기회는 한 번뿐.

저 두꺼운 외피를 뚫고 내부마저 함께 진탕시켜야 거인을 쓰러뜨릴 수 있다.

'못해도 해야 한다.'

의지를 다졌다.

그리고…… 그 순간이었다.

"그대여! 짐이 돌아왔노라!"

하늘 위에서 동아줄이 떨어졌다.

그것도 아주 튼튼한 동아줄이.

이 목소리. 이 특유의 강인하며 귓가에 몇 번이고 울리는 음성을 내는 존재를 나는 하나 안다.

"요르문간드."

작게 입을 열었다.

요르문간드. 세계를 집어삼킨 뱀. 어느 순간 그녀와의 '연결'이 끊어졌다. 이후 찾을 방도가 없어서 발만 구르고 있었는데 그녀 쪽에서 이렇게 나타난 것이다.

다시금 나타난 그녀의 모습은 훨씬 강해져 있었다.

이전보다, 이전과는 비교할 수 없을 정도로.

하지만…… 저 거인과 비슷한 냄새가 난다.

'가짜. 만들어진 존재.'

기뻤지만, 마냥 기뻐할 수가 없는 이유다.

이전의 요르문간드에게선 이토록 강렬한 냄새가 나지 않았다. 그때엔 가짜가 만들어진다는 것조차 몰랐지만, 그것을 감안해도 그녀 고유의 색체가 있었다.

하지만, 지금은…….

"너무 놀라 토끼 눈이 되었구나. 보아하니 본체는 다른 곳에 있는 듯하고. 그래도 전보다 많이 강해진 것 같구나. 너의 영혼이 더욱 맑고 깨끗해졌다."

요르문간드가 부드럽게 미소 지었다.

거인들이 그녀를 경계했다. 그녀가 나타난 순간을 기점으로 서로 눈치를 보며 그녀에게 다가가길 꺼려 하고 있었다.

하지만 틈이 보이면 공격하려는 태세 역시 취했다.

크르르르르르.

마치 늑대의 울음소리와 같았다.

하지만 저들의 모든 털이란 털이 쭈뼛 서 있는 걸 볼 수 있었다.

이건 마치 천적이라도 만난 것 같지 않나.

"조금만 기다리거라. 저 버릇없는 것들에게 벌을 내리고 해후를 나눠야겠다. 감히 짐의 재회를 방해하다니, 만 번 죽어도 부족하다."

요르문간드가 혀를 날름거렸다.

그 순간, 그녀의 몸이 늘어나더니 점차 뱀의 형태를 갖춰갔다.

뱀은 컸다. 계속해서 커졌다. 거인을 뛰어넘고 하늘을 가득 채울 정도로 커지고, 그럼에도 계속해서 늘어나고 있었다.

'미드가르드의 뱀.'

저게 미드가르드의 뱀인가. 요르문간드의 진짜 모습이란 말인가?

거인들이 마치 어린아이처럼 보였다.

[신성, 거신사냥꾼의 기질이 발동됩니다. '요르문간드'를 상대할 때 모든 능력치+50%의 효과가 적용됩니다.]

내가 가진 신성은 요르문간드를 적으로 규정했다.

더 나아가 그녀를 '거신'으로도 인정하고 있었다.

달라졌다. 더 이상 그녀는 내가 알던 작은 뱀이 아니었다.

규격 외의 존재. 하지만 거인과 같은 가짜의 냄새를 풍기는 존재…….

'그러나 다른 가짜들보다 더욱 진짜 같은 존재.'

무슨 일이 있었던 걸까?

단순히 허물을 벗는 것만으로는 설명하기 어렵다.

그녀의 죽음을 느꼈던 그 순간, 무언가의 변화가 시작된 게 분명했다.

아득하게 올려다봐도 머리조차 보이지 않았다.

심연의 눈 좋은 괴물들은 모두 그녀의 존재를 보고, 강렬한 존재들은 그녀의 기척을 느꼈을 것이다.

바로 이곳, 태양왕의 성에서.

-무(無)에서 태어났으니 다시 무(無)로 돌아가거라.

모든 거인이 그녀를 향해 돌격했다.

하지만 아무리 초대형 거인이라 해도 세계의 뱀을 당할 순 없는 노릇이었다.

꼬리로 감자 검에 상처조차 나지 않던 거인의 허리가 부러지고, 이빨에 닿으면 부식되어 단번에 녹아내렸다.

그 기괴하고 가공할 장면에 나는 잠시 넋을 잃었다.

다섯의 거인을 처리하는 데 들어간 시간은 10분 남짓.

치고, 압박하고, 독으로 녹여내며 거인들을 압도한 그녀의 몸엔 생채기 하나 나지 않았다.

이어, 그녀가 다시금 인간형으로 화하여 내 앞에 섰다.

"짐이 너무나 반가워 말도 못 하는 모양이로구나. 이해한다.

짐의 아름다운 모습을 오랫동안 못 보았으니 현실감이 없는 것이겠지. 아니면, 짐의 힘에 놀란 건가?"

요르문간드의 미소는 이전보다 더욱 부드러웠다.

그러곤 천천히 내 가슴팍을 쓰다듬었다.

"네가 가진 신성이 나를 적대하고 있구나. 어디 보자, 오로지 '신'을 죽이기 위해 갈고닦았더냐? 올바른 선택이다. 하지만 아직 부족해. 강해졌지만 너는 더욱 강해져야겠다."

"얼마나 강해져야 하지?"

진지하게 물었다.

나는 강했다. 과거와는 비교할 수 없을 정도로 강해졌다.

하지만, 부족함을 느꼈다.

내가 상대해야 할 것은 모든 데몬로드이고, 더 나아가 그 정점에 군림하는 신이다.

그녀가 그 기준을 제시해 줄 수 있지 않을까?

"천."

"천?"

"너의 언어에 맞게 설명해 주자면, 종합 능력치를 천 수준까지 끌어올려야 한다. 그 정도는 되어야 너의 신성이 제대로 빛을 발하며 '그'와의 대적이 가능해지겠지."

이 말을 할 때의 요르문간드는 상당히 진중했다.

본래라면 그런 단어조차 모르고 있었겠지만, 지금은 아무렇지도 않게 각성자와 관련된 단어를 사용하는 걸 보니 확실히 변화가 있었던 게 틀림없는 듯싶었다.

'1,000.'

천, 천이라.

까마득하다. 우리엘 디아블로의 종합 능력치는 겨우 600을 넘는 수준. 다른 데몬로드들을 죽이고, 그 효율을 본체가 흡수해도 언제 도달할지 모르는 수치다.

어쩌면 심연의 모든 괴물을 죽여야 도달할 수 있을지도 몰랐다.

하지만…….

"'그'가 누구냐? 너조차도 상대하기 힘든 자인가?"

"짐은 그에게 손을 댈 수 없다. 반대로 그 역시 짐에게 손을 댈 수 없지. 그래서 짐의 반려인 그대를 노린 것이다. 짐에게 고통을 주고자."

빠드득!

이를 간 요르문간드가 내 손을 맞잡았다.

"하지만 걱정 말라. '환락의 밤'이 지속되는 동안은 짐이 너를 지켜주마. 너는 온전히 자신의 것을 갈고닦는 데 전념해라. 짐이 길을 제시해 줄 터이니."

"너는…… 요르문간드가 맞는 건가?"

요르문간드가 피식 웃었다.

"짐은 오로지 짐뿐이다. 짐이 아닌 누군가가 짐의 흉내를 낼 수 있을 것 같으냐?"

고개를 저었다.

요르문간드의 흉내는 누가 낸다고 낼 수 있는 게 아니다.

그런 면에서 보자면 내가 아는 요르문간드가 맞는 것 같긴 했다.

왜 거인들과 같은 냄새가 나는지는 모르겠지만.

짝!

"자, 무거운 이야기는 여기까지 하자꾸나. 짐은 배가 고프다. 맛있는 성찬을 준비해 주겠지?"

손뼉을 친 그녀가 내 손을 이끌고 성의 안으로 들어갔다.

모두가 그녀에게 집중했다.

폭발적인 아름다움은 마족들에게도 적용되었지만, 그보다 마족들이 느끼는 그녀에 대한 감정은 '공포, 경외, 경악'이 더욱 어울렸다.

거인들을 잡아먹은 뱀.

심연을 삼킬 듯이 거대화한 그녀의 존재를 못 본 척하려야 할 수가 없었던 것이다.

"이곳의 음식은 꽤 훌륭하도다. 짐의 반려가 진짜 왕이 되었을 줄이야."

요르문간드의 식성은 엄청났다. 손이 보이지 않을 정도로 움직이며 보이는 음식 모두를 삼켜대고 있었다.

"10년은 굶은 사람 같군."

"그 말도 틀린 말은 아니다. 그런데 이곳의 왕은 어떻게 된 것이냐? 그 몸…… 본래는 '데몬로드'인가 하는 것 아니었나?"

모든 것을 먹어치우고, 빈 그릇을 사용인들이 치우는 사이 그녀가 궁금했던 것을 털어놨다.

의외로 그녀와 내가 만나지 않은 시간이 길다. 내가 그녀에게 일어난 일을 모르는 것처럼, 그녀 역시 내게 일어난 일들을 모른다.

"지금은 태양왕이다."

"얼핏 이름은 들어보았다. 4천왕인가 하는 같잖은 이름으로 불리고 있지 않았나?"

쉬이이이잉.

주변이 살얼음을 얹은 듯 차가워졌다.

지금 이 공간에 있는 자들은 내가 신용할 수 있는 자들뿐이었다.

라이라, 이그닐, 그리고 코로나.

이 차가운 분위기를 만든 건 당연히 코로나였다.

"말씀이 심하십니다."

"오오, 짐의 말을 반박하는 저 이상한 녀석은 누구더냐?"

"왕의 귀빈으로 초대되었다고 하지만, 말씀은 가려주십시오."

"하하, 이런 경험은 무척 오랜만이로고. 더 해보거라."

어린아이 다루듯 다루자, 코로나는 이맛살을 구기며 아예 고개를 돌려 버렸다.

그러자 요르문간드가 아쉬워했다.

"끝인가? 이런, 꽤 신선한 경험이었거늘……."

"요르문간드, 나는 네가 죽은 줄 알았다. 무슨 일이 있었던 거지?"

"음, 말 그대로 짐은 한 번 죽었다. 위그드라실에 올라 흐레스벨그와 싸웠지."

으음.

침음을 흘렸다.

흐레스벨그. 위대한 별을 만든 장본인. 위그드라실의 꼭대기에 사는 현자. 그를 직접 만났단 말인가?

"상대가 안 되더군. 하지만 놈은 내 부스러기를 모아 '그녀'에게 전달했다. 그리고 짐은 그녀에게 영향을 끼치는 데 성공했지."

"그녀?"

"라타토스크 말이다. 그녀의 반쪽이 이 주변에 숨어 있지 않더냐?"

"……!"

공간을 접어 숨어 있는 크로노스를 그녀가 읽은 것이다.

순간 공간이 일렁거렸다.

그리고 허공에서 크로노스가 튀어나왔다.

"허억……! 암살자입니다! 조심하십시오!"

코로나가 당황하며 내 앞을 막아섰다. 갑자기 튀어나온 크로노스를 경계하는 것이다.

"괜찮다. 그녀 역시 내 동료이니."

코로나가 눈을 깜빡거렸다. 그러다가 약간 서운하단 표정을 짓고는, 자리로 돌아갔다. 아마도 자신이 모르는 것이 너무 많아서 서운함을 느낀 것이겠지.

요르문간드가 고개를 끄덕였다.

"너였구나. 그녀의 반쪽이."

"당신은 만들어진 존재입니다. 그리고 다시 만들어졌어요. 하지만 이만한 존재력은…… 세상의 균형을 무너뜨릴 수도 있습니다. 당신은 사라져야 해요."

"역시 한눈에 꿰어보는구나. 맞다. 짐은 억지로 만들어졌도다. 그녀를 닦달하여 다시금 짐이 현상화하게끔 말이다."

내가 맡은 냄새는 진짜였던 모양이다.

무덤덤하게, 요르문간드는 자신의 비화를 털어놨다.

그러자 크로노스가 쏘아붙이듯 입을 열었다.

"이건…… '선'을 넘었습니다. 당신은, 그 존재만으로도 거대한 균열을 불러일으킵니다. 세계는 그 급변화를 이기지 못해 당신을 강제로 지우려고 하겠죠. 그 과정에서 무슨 일이 일어날지 알 수 없습니다."

"그래서 호레스벨그, 그놈이 발을 동동 굴리는 것이지. 후후."

"장난이 아닙니다. 당신의 존재는 그에게도 걸림돌이 될 거예요. 당신이 오랫동안 근처에 있으면 '그' 역시 함께 지워질 겁니다."

크로노스가 나를 바라봤다.

요르문간드와 함께하면 할수록 내가 위험하다는 말이다.

하지만 내 머릿속엔 다른 말이 크게 들어오지 않았다.

요르문간드가 시한부라는 말만이 귓가에 맴돌았다.

'요르문간드는 위험을 무릅쓰고 나를 찾아왔다.'

지금의 태도로 보면 자신이 사라져야 하는 존재인 걸 알고 있었다.

그럼에도 나를 찾아온 것이다.

왜?

내가 보고 싶어서?

아서라. 그녀는 혼자 무인도에 내다 놔도 알아서 잘 살아갈 존재다.

하지만 그래서 아쉬웠다. 내 안에는 의외로 요르문간드도 크게 들어 있었던 모양이다. 그녀가 죽었다는 것을 알았을 때, 왠지 모르게 가슴이 허했으니까.

다시 재회했지만 이 시간이 길 것 같지 않아 더욱 아쉬웠다.

그래, 그래서 나도 조금은 당황하고 있었다. 나 자신의 마음 때문에 말이다.

"더불어 저의 존재 역시 들키겠죠. 흐레스벨그가 모든 역량을 제게 쏟으면 막을 수 없습니다. 설령 당신이 전면에 나선다 할지라도."

"위험한 도박이지. 하지만 지금이 아니면 기회가 없다. 지금, 신성이 발하여 새로운 생명을 창조하려는 지금이 아니면. 유일한 '진짜'로 발돋움할 기회는 영영 사라질 테지."

그녀가 벌떡 일어났다.

그러곤 내 어깨를 붙잡고 강제로 일으켰다.

"들었겠지? 나는 오래 있을 수 없다. 그러니."

요르문간드가 내 뺨을 핥았다.

마치 먹이를 노리는 듯 날카롭게 눈을 빛내며 말했다.

"아이를 만들러 가자꾸나."

……잘못 들은 건가?

요르문간드의 직설적인 화법에는 꽤 익숙해져 있다고 생각했다.

그녀는 항상 자신을 드러내는데 거침이 없었으며, 원하는 바가 있으면 절대 돌려 말하는 법이 없었기 때문이다.

그런데.

'아이를 만들자?'

처음 받아보는 고백은 아니다.

우리엘 디아블로가 페르몬을 뿜어대자 수많은 여마족이 실제로 '내 아이를 낳게 해달라'고 말하는 경우가 많았다.

최후의 영웅이었을 시절에도 그런 일은 비일비재했다.

밤을 함께 보낸 적도 없는 여인이 아이를 데리고 와선 내 아이라고 주장하던 경우도 있었고, 나로 인해 임신했다며 소송을 건 여자도 있었다.

하지만 지금 내 눈앞에 있는 여자는 요르문간드다.

세계를 삼켰던 뱀. 우연찮게 계약하여 반려 취급을 받았다지만 그것은 어디까지나 형식적인 것에 지나지 않았다.

실제로 그녀가 나를 사랑하느냐 하면, 그것도 아니었으니까.

"굉장히 멍청해 보이는 표정을 짓고 있구나. 짐의 말을 못 들었더냐?"

"지금 네가 한 말이 무슨 뜻인지는 아는 건가?"

"교미를 하자는 말이지. 교미만이 아니라 너의 뜨거운 그것을……."

"그만. 충분히 잘 아는 것 같으니 그 부분은 넘어가지."

가만히 놔뒀다간 외설이 되어버릴 것 같았다.

살짝 옆을 돌아보자 라이라의 얼굴이 새하얗게 질려 있었다. 잔뜩 굳은 표정에선 한기가 풀풀 풍기는 듯했다.

"설마 창피한 것이냐?"

"조금 갑작스럽긴 하군."

"그런 모습도 귀엽긴 하다만, 말했지 않느냐? 시간이 없다."

"……그래. 너는 '진짜'가 되기 위한 과정이라고 말했지. 정확히 무슨 뜻인지 알 수 있나?"

갑작스러운 것도 갑작스러운 거지만, 우선 이야기를 들어봐야겠다.

내 머릿속에서 크로노스와 요르문간드가 나눴던 이야기가 정리되질 않고 있었다.

그러자 요르문간드가 팔짱을 낀 채 입을 열었다.

"그대는 아직 반쪽이다. 지구의 관리자이며, 신성을 얻었으나 진짜 자격은 얻지 못했지. 그것은 바로 창조의 권한. 신에게만 부여되는 고유의 그 힘……. 그것만이 놈에게 대항할 유일한 수단이니라."

"놈이라면 흐레스벨그를 말하는 거냐?"

요르문간드는 대답하지 않았다.

무언의 긍정.

"너희들이 위대한 별이라 부르는 그것은 열쇠다. 호레스벨그는 균열을 일으키길 좋아하지. 모든 차원, 모든 세계가 혼란에 빠질 그 열쇠를 사용하고자 데몬로드들을 이용하고 있는 것에 지나지 않는다."

"어차피 최후의 하나만이 위대한 별을 손에 넣을 수 있지 않나?"

"단순히 손에 넣어서만은 아무 일도 일어나지 않는다. 하지만 호레스벨그는 이 세계의 모든 '진짜' 신들을 없앤 데에는 이유가 있다. 위대한 별이 고유의 신에게 넘어가면 놈조차도 감당하지 못하기 때문이다."

요르문간드의 표정이 사뭇 진지했다. 그녀의 이런 표정은 처음 보는 것만 같았다.

모든 것은 위대한 별로 귀결된다.

위대한 별. 천마의 신성을 모태로 삼아 만들어진 거신.

그것을 손에 넣으면 모든 게 가능해진다는 뜻인지.

"호레스벨그는 한동안 심연에 영향력을 행사할 수 없다. 그래서 이런 같잖은 수를 써가며 짐을 방해하려는 것일 터."

"하지만 그에겐 '암흑상회'가 있지 않을 텐데."

암흑상회의 잠재력은 상상을 초월한다. 온 차원을 침략하며, 경매장에 상품을 내놓곤 했으니 그들이 작정하고 덤벼든다면 버티지 못할 것이다.

호레스벨그가 위대한 별을 만들었고, 위대한 별의 하수인으로 암흑인들이 활동한다. 결국 그놈이 그놈이라는 뜻 아닌가?

하나 요르문간드는 고개를 저었다.

"그들은 독자적으로 움직인다. 암흑인이라 불리는 그놈들은 일종의 정령이니라. 자신의 '격'을 올리고자 협력하고 있을 뿐."

다소 이해하기가 어려웠다.

요르문간드도 그런 내 표정을 읽었는지 이어서 설명했다.

"암흑인은 침략을 하거나 물건을 판매해 '포인트'를 얻지. 포인트로 말미암아 그들은 자신의 '격'을 올릴 수 있도록 계약을 맺었다. 말하자면 대놓고 손해가 날 짓은 하지 않는다는 말이다."

상회. 상인.

철저한 거래의 관계라는 말이었다.

암흑인은 포인트를 벌어들여 자신의 '격'을 올리고, 동시에 위대한 별이 탄생할 수 있도록 원조를 아끼지 않는다.

위대한 별로 인해 이러한 시스템이 생겨났으니 서로가 일단은 상부상조하고 있는 것이다.

머릿속으로 정리를 하곤 내뱉었다.

"이득이 나지 않는데 나를 적으로 돌릴 이유는 없겠군."

"바로 그렇다. 역시 짐의 반려라 그런지 이해가 빠르구나."

암흑인이 나를 적대하지 않는다면 희망이 있다.

내가 주는 포인트로 그들을 도리어 아군으로 돌릴 수도 있다는 의미였으므로.

그러기 위해선 압도적인 포인트가 필요하겠지만, 요르문간드의 말마따나 절호의 기회가 될 수도 있겠다.

"……호레스벨그의 목표는 단순한 혼돈뿐인 건가?"

가장 원초적인 문제.

호레스벨그는 왜 '진짜'라 불리는 신들을 없애고 세계를 혼돈의 구렁텅이로 몰아넣으려고 하는 것인지. 그게 궁금했다.

하지만 이번만큼은 요르문간드도 고개를 저었다.

"글쎄. 그건 짐도 모르겠구나. 애당초 그의 역할은 날갯짓으로 균열을 일으키는 것이었으니 그 연장선상이라고 봐야겠지."

턱을 쓸었다.

나는 호레스벨그를 본 적이 없고, 요르문간드는 본 적이 있으니 그녀의 의견이 더욱 타당할 것이었다.

결국 그가 균열을 일으키는 건 본능과 같다는 것.

'달라진 건 없군.'

데몬로드들의 싸움에서 승리해야 한다는 전제조건은 달라지지 않았다.

오히려 암흑인과의 관계를 알아냈으니, 그녀가 전한 정보는 무척이나 중요하게 작용할 가능성이 높았다.

포인트. 더욱 많은 포인트가 필요하다.

암흑인조차 쥐락펴락할 수 있는 포인트가 있으면 보다 많은 걸 이룩할 수 있으리라.

생각을 정리하고 시선을 옮기자, 요르문간드가 야릇한 미소를 지어보이고 있었다.

"그대여, 모든 호기심은 풀린 거냐? 그러면 어서 짐과 뜨거운 밤을 보내자꾸나. 이곳은 그대의 성이니 그대가 원하는 곳에서 화포를 풀겠다. 원한다면 이곳에서 당장 시작해도 상관은 없다."

요르문간드는 아예 작심을 하고 온 듯했다.

게다가 그녀의 의견을 아주 무시할 수도 없었다.

'뜨겁다.'

신체가, 녹아날 듯이 뜨거워졌다.

내 안에 잠든 그녀의 피가 꿈틀대고 있는 것이다.

그녀와 계약을 맺을 때, 그녀는 내 신체에 그녀의 피를 주입한 바가 있었다.

"잠깐. 이야기의 진행방향이 이상하군요."

라이라가 일어났다. 이어 요르문간드에게 삿대질을 하였다.

"이상하다니? 지극히 논리적이지 않느냐?"

"갑자기 나타나선 다짜고짜 아, 아이를 만들자니. 그게 어떻게 논리적일 수가 있습니까?"

라이라도 당황했는지 얼굴이 시뻘게져 있었다.

하기야 둘은 상이한 성격을 가지고 있었다. 라이라는 요르문간드처럼 원하는 것을, 생각한 것을 곧이곧대로 입에 담지 못한다.

"이해하기 쉽게 설명했다고 생각하거늘……. 다시 말해 우리 모두의 비원을 위해선 짐과 짐의 반려가 짝짓기를 해야 한다는 이야기니라."

"로드께선 저 말이 이해가 가십니까?"

나는 대답하지 않았다.

요르문간드의 의견이 틀리진 않을 것이었기에.

그녀는 위그드라실에 올랐고, 흐레스벨그를 보았으며, 모든 것을 깨우쳤을 가능성이 높다.

그런 그녀가 나와 거사를 치러야 한다고 말하는 거다.

내가 대답하지 않자 라이라의 얼굴이 더욱 당혹스럽게 물들었다.

"하, 하지만 그쪽의 반려는 '이쪽'이 아니지 않습니까?"

이쪽. 우리엘 디아블로.

이 역시 틀린 말은 아니다. 어쨌건 요르문간드와의 계약을 맺은 건 '오한성'인 나였으니까.

하지만 요르문간드는 묘한 표정을 지어보였다.

"이쪽? 설마 이쪽과 저쪽이 다르다고 생각하는 것이냐?"

그러곤 비웃음을 날렸다.

"멍청하기 짝이 없구나. 굳이 구분할 필요조차 없는 문제다. 네가 생각하는 이쪽과 저쪽이란 게 결국은 하나와 같으니 말이다. 짐에게 있어선 다르지 않노라."

요르문간드의 눈이 나를 꿰뚫었다.

그래, 정말 꿰뚫는 것만 같았다. 내 안의 영혼을 꿰뚫고 핥는 것만 같은 느낌에 소름이 돋을 지경이었다.

이윽고 그녀의 눈이 라이라에게 향하더니, 좁혀지며 이내 흥미롭다는 미소를 띠어보였다.

"오호라. 너도 '발정'을 하고 있는 것이구나. 너 정도면…… 후후. 좋다. 짐은 너그럽노라. 너와의 동침 역시 허락하겠다."

"그걸 왜 그쪽이 허락……."

"숨기려 해도 소용없다. 하지만 명심해라. 본처는 짐의 것이다. 그 외엔 몇이 되든 상관하지 않으나 자격이 없는 자라면 짐이 물어 죽이겠다. 반면에 너는 충분한 자격이 있지."

엄중한 표정과 함께 라이라의 옆으로 요르문간드가 다가갔다.

그러곤 라이라가 뭐를 할 사이도 없이, 요르문간드가 라이라의 목덜미를 깨물어 버렸다.

"아……!"

"솔직해지거라. 네가 품은 그것은 네가 더욱 솔직해졌을 때 빛을 발한다."

비틀!

손등으로 라이라의 피를 훔쳐낸 요르문간드가 고개를 끄덕이자, 동시에 라이라가 몸을 비틀거렸다.

이윽고 라이라가 나를 바라봤다.

라이라의 눈동자가 이상하게 풀려 있었다.

거기서 그치지 않고, 라이라가 내게 접근했다.

내가 나도 모르게 한 발 물러나자, 그녀가 억세게 내 손을 잡으며 말했다.

"좋아…… 해요."

다른 말은 필요 없었다.

거친 숨소리. 확장되는 눈동자.

이 반응이 가리키는 건 한 가지뿐이다.

"음, 짐의 독도 꽤 쓸 만하지 않더냐?"

요르문간드가 크게 웃었다.

미친 듯이 심장이 뛰었다. 여태껏 살아오면서 이만큼이나 긴장했던 적이 있었던가 싶을 정도로 극한의 상황이었다.

차라리 강한 적을 만나는 게 더 나을 것만 같은 압박감.

내 양옆에 나신으로 누워 있는 두 여인 때문이다.

라이라, 그리고 요르문간드.

요르문간드가 내 목덜미를 핥았다. 특유의 긴 혀가 간드러지게 목을 훑고 지나갈 때마다 전신이 꿈틀대며 요동쳤다. 혈액이 빠르게 돌고 전신에 열기가 가득해지자 나도 모르게 힘이 바짝 들어갔다.

스으으으.

동시에 라이라가 내 가슴골에 얼굴을 파묻었다. 그녀의 거센 숨소리가 가슴을 오르락내리락하자 나도 모르게 라이라의 머리를 움켜쥐었다.

비단처럼 부드러운 손길이 가슴을 지나 배로 내려가며 부드럽게 살결을 스쳤다.

온갖 전장을 거쳐 왔음에도 라이라의 손은 한없이 부드럽기만 했다.

하아아아.

지지 않겠다는 듯 요르문간드가 귀에 숨결을 불어넣었다. 이어 귀 전체를 그녀의 혀가 감쌌고, 뇌가 타는 듯한 기분에 잠시 이를 악물었다.

'진짜 환락의 밤이 되어버렸군.'

차려진 밥상을 마다하는 건 남자가 아니다.

과거에도 색을 일부러 멀리하진 않았다. 단지, 책임지지 못할 일을 저지르지 않으려고 노력할 뿐이었지.

돌아온 이후에도 마찬가지였다.

매일 죽음을 향해 달려가는 몸. 이런 내가 누군가를 사랑하고, 누군가와 사랑을 나눌 수 있으리란 생각은 하지 못했다.

하지만…….

그게 옳은 건가?

마냥 절제하고, 마냥 피하기만 하는 게 정말 옳은 길일까.

'결과가 어떻게 나오더라도.'

죽고, 죽이면 된다고 생각했다.

그런데 지금, 나는 조금 더 살고 싶어졌다.

그러니 피하지 않겠다. 더 이상 절제하지도 않을 것이다.

나 역시 솔직해지기로 했다. 내 감정에, 내 본능에.

"아……!"

"으음!"

둔부를 강하게 움켜쥐자 두 여인이 신음을 흘렸다.

56장
마지막 경매

전신이 뻐근했다. 온 힘을 탈진해 버린 느낌. 하지만 기분 좋은 탈진감이었다.

절로 입가에 미소가 지어졌다.

아침에 눈을 뜨며 웃어본 게 얼마 만이더라?

'심연에도 빛이 들어오던가?'

급격히 들어온 빛의 무리에 눈살을 찌푸렸다.

이어 눈을 크게 뜨고 전방을 바라보자, 빛으로 이루어진 덩어리 두 개가 내 앞을 움직이는 게 보였다.

이건…….

'내가 창조한 인자들.'

본래라면 태양탑의 하층부에 있어야 할 그것들이, 어느새 완성되어 나를 찾아온 것이다.

아마도 부족한 점이 채워져 힘을 갖추게 된 것이겠지.

설마, 설마 했는데 정말 '엄마'가 필요하리라곤…….

이윽고 두 빛무리가 라이라와 요르문간드의 품 안으로 들어갔다.

그러곤 한 부분에 착상하더니, 조금씩 태아의 형상을 갖춰가는 게 아닌가?

'생명의 창조.'

나는 신이 아니다. 그들처럼 무에서 유를 창조해 낼 순 없다. 하지만 다른 방식으로 그것을 가능하게 만들었다.

생명체가 가지고 있는 고유의 권한. 그들만의 축복. 수정이라는 과정을 통해서.

한참을 바라보다가 이게 무엇을 의미하는 것인지 깨닫곤, 아, 하고 입을 벌리고 말았다.

'아이.'

임신을 한 것이다.

어느 정도 예상을 하긴 했었다. 하지만 그럼에도 갑작스럽긴 매한가지였다.

내가 아빠가 되다니.

'내 자식이라고?'

아직 태어나지는 않았다. 하지만 나는 생명의 시작을 직접 두 눈으로 보고 있었다. 그건 뭐랄까, 당황스럽지만 무척이나 새롭고 경건함 느낌이었다.

과거와 달라졌다. 과거의 나는 혼자였다. 시리아를 잠시 연인으로 두긴 했으나 말 그대로 잠시일 뿐.

아이는 없었다. 책임지고 싶지 않았다. 책임질 수도 없다고 생각했다. 나는 언제 죽을지 모르는 시한부 인생이었으니까.

하지만, 지금은 어떤가?

오히려 과거보다 더욱 치열해졌다. 죽을 일이 몇 번이나 있었다. 그러나 과거와 달라진 점이 있다면, 나 스스로의 가치에 대해 생각하게 됐다는 것이다.

'나는…….'

부품이 아니다. 누군가를 위해 희생하기 위한 영웅조차 아니다.

나는 나다. 나였다. 그것을 인정하는 데 정말 오랜 시간이 걸렸다.

그래서 살고 싶어졌다. 이제는 누구보다 미래를 원한다.

내 자식을 원했다. 누구도 알아주지 않아도 상관없지만, 그럼에도 나만의 증표 하나쯤은 이 세계에 있었으면 했다.

'꿈이 아닌 현실이다.'

몇 번이고 현실이 꿈이길 바란 적이 있다. 눈을 뜨면 세상은 원래대로고, 나는 평범한 고등학생으로 돌아가 있기를 소망한 적이 잠시 있었다.

하지만 지금은 다르다. 내가 빚은 나의 아이들이 이곳에 있다. 아직 세상에 모습을 드러내진 않았으나 그 씨앗을 나는 심었다.

내 영혼이 빚어낸, 세상에서 유일한 나만의 자식들.

'현실이야.'

몇 번이고 되새겼다. 눈을 깜빡이거나, 뺨을 당겨보거나, 실없이 웃어보기도 했다.

어쩌면 이 둘을 품은 게 라이라와 요르문간드여서 더욱 그럴지도 모른다.

처음에는 그저 창조하여 이용할 생각뿐이었다. 지금은 언제 그랬냐는 듯 그런 생각조차 들지 않았다.

'아빠가 된다.'

무엇을 준비해야 되지?

이것저것 많은 생각이 났다.

과거 내 동료들도 엄마가, 아빠가 됐던 이들이 있었다. 싸우는 것밖에 못 했던 그들의 표정이 밝아질 땐 이해할 수가 없었다. 물어봐도 '너도 부모가 되면 알게 될 거야'라는 말 밖에는 해주지 않았던 탓이다.

'내가…….'

정신이 번쩍 들었다.

이제 나는 죽을 수 없다고.

죽어선 안 된다고.

그러니 반드시, 어떠한 역경이 있어도 이겨 보이겠노라고.

이 전쟁을 하루라도 빨리 끝내는 것만이 내가 할 수 있는 유일한 일이라는 것을, 더욱 현실적으로 깨닫게 되었다.

'이러고 있을 시간이 없다.'

누워 있는 시간조차 아깝다.

나는 쓰러지듯 잠든 둘의 이마에 입맞춤을 하곤 자리에서 일어났다.

내가 바라는 미래를 위해선, 내가 직접 문을 열어야 했으므로.

환락의 밤이 지나갔으나 아직 그 영향이 끝나진 않았다.

마족들을 비롯한 괴물들이 더욱 예민해졌다. 곳곳에선 싸움이 끊이질 않았고, 별것 아닌 일에 서로 죽이는 일도 비일비재해졌다.

"동쪽을 사수했던 군단장이 누구지?"

"2군단장입니다."

교주 코로나가 답했다.

동쪽. 환락의 밤 때 거침없이 나에게 달려들었던 거인이 그곳에서 왔다. 그곳을 책임지던 군단장이 일부러 놓아주지 않은 이상에야 있을 수 없는 일이었다.

나는 그를 배신자로 보았다. 둠이 심어둔, 혹은 그 이상에 동조하는 놈. 실제로도 2군단장의 피해가 제일 미비했다.

'실제로도 수상했지.'

그 뒤로 2군단장을 집중 마크했다. 결과적으로, 놈은 숨기는 게 있다. 이대로 안고 가기엔 분명히 불안요소로 작용할 것이었다.

"그를 제명하는 안건으로 회의를 진행하겠다."

"……예?"

코로나가 잠시 멍청한 표정을 지었다.

하지만 내 얼굴은 잔뜩 굳은 채였다.

"2군단장을 제명하는 안건으로 회의를 진행하겠다고 했다."

"부, 불가능합니다. 빈자리에 군단장을 임명할 순 있어도, 군단장을 제명하는 건……."

"이 역시 전례가 없던 일인가?"

"예. 왕보다 더욱 오랜 시간 군림했던 자들입니다. 가능할지라도 반발이 심할 겁니다. 내전으로 이어질 수도 있습니다."

코로나의 표정이 짐짓 심각해졌다.

그래. 그렇단 말이지.

내전은 반드시 피해야 할 일이다.

하지만 방법이 없지는 않았다.

"사자왕에게 전서를 넣어라. 그와의 동맹을 제안하기 위한 사자로 2군단장을 출정시키겠다고."

"……사, 사자왕에게 말입니까?"

코로나의 눈이 경악으로 가득 찼다.

이미 사자왕, 안달톤 브뤼시엘과는 이야기가 끝났다. 시기를 보고 있었을 뿐이고, 이제 때가 된 것이다.

내가 그렇다고 입을 열 찰나.

"성에 침입한 인간을 잡아왔습니다. 죽일까요?"

성의 경비병 중 하나가 교주에게 보고했다.

본래라면 침입자를 발견한 순간 죽이는 게 원칙이지만, 최근의 불미스러운 일이 급증함에 따라 죽이지 않고 심문하도록 규칙이 바뀌었기 때문이다.

그런데…….

성에 침입한 인간이라고?

이야기를 들은 즉시, 급히 발걸음을 옮겼다.

심연에 인간이 들어왔다. 하지만 이곳 심연에선 인간이 살아갈 수 없다.

누굴까?

침입했다면 다른 세계, 그중 지구에서 왔을 가능성이 높았다.

심연에 들어와 이곳까지 도달했다? 있을 수 없는 일이다.

심연은 과거에도 영원한 미개척지였으니.

'……딱 한 명. 과거를 비틀 수 있는 사람이 있지.'

설마, 설마 했다.

하지만 혹시나가 역시나였다.

김민식.

녀석이 왜 이곳에 있는지 알 겨를이 없다.

지금쯤이면 지구에서 활약을 해야 하고 있어야 하건만, 다시 심연으로 들어와서 어떻게 이곳까지 도달했단 말인가.

"인간치곤 강해서 경비가 백 가까이 죽었습니다."

강하다. 그야 그럴 만했다. 다시 본 민식이는 엄청나게 강해져 있었다.

'심안.'

이름: 김민식(value-지배불가)

직업: 마검사

칭호:

- 완숙한 모험가(7Lv, 힘+9)
- 괴물 학살자(5Lv, 힘+7)
- 알 수 없는 신의 사도(9Lv, 모든 능력치+5)

능력치:

힘 98(77+21)s 민첩 85(77+8)s 체력 80(75+5)s

지능 77(70+7)s 마력 78(70+8)s

잠재력(369+49/483)

특이사항:

-불굴의 효과로 인해 심연에서의 마이너스 효과(모든 능력치-30%)가 반 이상으로 줄어듭니다.

스킬: 월광(6lv), 원소마법(8lv), 심판자(7lv), 불굴(7lv)

착용한 장비: 다르한의 검(마력+1, 월광), 팔라딘의 망토(민첩+3), 태양빛 반지(마력+2), 지혜의 귀걸이(지능+2)

상태창을 훑곤 내심 고개를 주억거렸다.

'엄청나군.'

엄청난 수라길을 걸어온 모양이다. 그리고 안에 잠든 가짜 알레테이아의 힘 역시 어느 정도 흡수한 듯싶었다.

일반 마족들로는 쉽게 당해낼 수 없는 것이 당연하다.

온갖 제어구에 묶여 있는 민식이의 눈빛은 여전히 죽지 않았다.

"또 보게 되는군."

"이곳의 보스가 너냐?"

"그렇다."

민식이의 눈빛은 여전히 적대적이었다.

하지만 녀석이 여기까지 온 경위가 궁금했다.

"어떻게 인간인 네가 이곳까지 흘러들어온 거지?"

"이곳에 오한성이라는 인간이 있나?"

오한성. 나다. 지금은 우리엘 디아블로의 모습을 하고 있지만, 하여간 민식이의 입에서 '오한성'이란 이름이 튀어나올 줄이야.

우리엘 디아블로와 오한성은 관계가 없다. 오한성이 아니라 '아르켄'이란 이름으로 활동했기 때문이다.

"오한성? 처음 듣는군."

"거짓말하지 마라. 이곳에 요르문간드가 온 것을 안다. 그 뱀 여자가 오한성과 관계가 있는 것을 안다."

요르문간드를 따라온 건가?

아무리 그래도 이상하다. 그렇다는 건 녀석이 처음부터 심연에 있었다는 뜻이 된다.

"영문 모를 소리를 하는군."

"녀석이 이곳에 있다면, 전해라. 너의 친구 김민식이 이곳에 왔다고. 네가 돌아오지 않으면 지구가 위험하다고."

……지구가 위험하다?

민식이의 눈빛이 더욱 저돌적으로 변했다.

이를 악물며, 말을 던졌다.

"네 친구인 둠의 대리자라는 놈이 접선해 왔다. 지구의 절반을 넘기라고 한다. 빌어먹을 새끼들. 우리를 얌전히 놔둘 순 없는 거냐?"

둠이 지구에까지 영향력을 뻗쳤다?

'너무 일러.'

지구는 최종장이다. 나는 지구에서 전쟁이 벌어지는 걸 막을 셈이었다. 그런데 그보다 빠르게 둠이 먼저 손을 썼다는 거다.

민식이가 이 상황에서 거짓말을 할 이유가 없었다.

진짜라는 소리인데. 지구의 절반을 넘기라니. 무혈입성을 하고 미리 자리를 선점해 놓겠다는 뜻이었다.

"하여간 전해라. 궁금한 게 많지만, 지금은 따로 묻지 않겠다고. 내가 죽으면 그 녀석만이 희망이니까. 혹시 몰라 길드의 상속도…… 제기랄, 죽이려면 어서 죽여라!"

쾅! 쾅!

제어구가 흔들거렸다. 말 그대로 민식이는 발광을 하고 있었다.

나는 잠시 정신이 아찔해지는 것을 느끼며, 몸을 돌린 채 말했다.

"죽이지 말고 지하 밀실에 가둬라. 그리고 물과 먹을 것을 일절 금해라. 천천히 죽어가게끔 말이다."

이게 내가 할 수 있는 최선이었다.

이렇게 말해두지 않으면, 경비병들이 당장 민식이를 죽이려고 들 터였다.

규칙상 어쩔 수 없이 보고한 것이지, 경비병들의 눈에는 살의가 가득했다.

'둠. 둠. 둠.'

녀석이 나보다 빠르게 움직이고 있었다.

내가 미처 생각하지도 못한 영역을 비집고, 파고드는 중이었다.

제기랄. 이래선 안 된다.

더. 더. 더.

더 빠르게 움직일 필요가 있었다.

사자왕과의 친교를 위해 사자로 보냈던 2군단장이 싸늘한 시체가 되어 돌아왔다.

이는 선전포고와 같았다.

사자왕이 나, 태양왕에게 보내는 전쟁의 서막.

"가만히 있는 건 나를, 그리고 모두를 모욕하는 일이다."

웬일로 다른 군단장들이 뜻을 같이했다.

"오만한 사자왕의 무리를 모조리 죽여야 합니다."

"피에는 피로. 한 놈도 살려둬선 안 됩니다."

친교를 위해 건넨 손을 놈들이 저버렸으니 우리 역시 보복을 해야 한다는 거다.

명분은 좋았다. 확실히 명분은 우리에게 있었다.

나는 내심 미소를 지었다. 사자왕, 안달톤 브뤼시엘이 일을 제대로 처리해 준 덕이다.

내게 남은 썩은 뿌리와 그에게 남은 썩은 뿌리들이 충돌해 서로 사라져갈 것이었다. 둠 역시 이 전쟁으로 인해 방심할 테고, 나는 그 빈틈을 노릴 생각이었다.

'마지막 경매.'

마침 적절한 시기가 왔다.

내가 암흑상회에 심어둔 암흑인으로부터 '마지막 경매'가 열릴 거라는 이야기를 들었다.

진짜 마지막은 아니지만, 마지막이라 칭해도 될 정도의 매물들이 그곳에서 나온다는 말.

참여하지 않을 수가 없다. 데몬로드라면 말이다.

나 역시 참여할 생각이긴 했다.

그리고 모두 쓸어담을 작정도 하고 있었다.

그러기 위해선 다른 데몬로드들의 포인트를 탕진시켜야 한다.

경매가 벌어지기 전에, 탕진할 수밖에 없게끔 상황을 유도해야 했다.

'신경이 쓰이긴 하군.'

계획은 완벽하다.

하지만, 민식이의 말이 계속해서 걸린다.

내가 돌아오지 않으면 지구가 위험하다는 게.

'자세히 들어봐야겠지.'

녀석도 무언가를 눈치채고 있는 것 같았다.

"후우."

짙은 한숨을 내쉬었다.

마냥 모든 걸 숨길 순 없단 말인가?

배가 고팠다.

목이 말랐다.

전신에 힘이 없었다.

'이젠 익숙해.'

몇 번이고 겪어본 상황이다.

하지만 이번에는 피할 수 없을 것 같았다.

김민식. 그는 자신의 죽음을 직감했다. 이곳은 적진. 잡힌 이상, 빠져나갈 틈은 없다.

개죽음일 수도 있었다. 자신의 죽음으로 결국 아무것도 바꾸지 못할 수도 있었다. 그것이 못내 화가 났다.

'결국 나란 놈의 크기가 이 정도였다는 거지.'

쓰게 웃었다. 가짜 알레테이아의 원조와 노력으로 막강한 힘을 얻었다. 이 정도면 과거 최강의 영웅들과도 견줄 수 있을 정도다.

어떤 면에선 그들조차 뛰어넘었다.

그러나 부족하다. 심연의 괴물들을 상대하기는 힘에 겨웠다.

모든 '문'으로 말미암아 그들을 연합해 심연에 대항하려고 했다.

반은 성공했고, 반은 실패했다.

'연합체를 만들기 직전이었다. 녀석만 나타나지 않았으면.'

둠. 데몬로드 중 하나.

그 괴물을 마주했을 때, 전신이 얼어버릴 것만 같았다.

또 다른 데몬로드가 진짜로 존재한다는 데에 놀랐지만 그 힘은 전율 자체였다. 보는 것만으로도 알 수 있었다.

만약에 놈이 마음만 먹으면 지구 따윈 순식간에 스러질 거다. 과거 한국을 쑥대밭으로 만든 우리엘 디아블로와는 차원이 달랐다.

이후 놈은 자신의 대리자를 보내 놀랍게도 '협상'을 하고자 했다.

'이름만 협상이고 결국 협박이었지만.'

응하지 않을 경우 지구의 멸망을 가져올 거라는 말. 그게 어찌 협상일 수 있나.

솔직히, 답이 보이지 않았다. 넘을 수 없는 벽을 상대하는 법을 그는 아직 몰랐다. 몇 가지 시련을 거치며 이제 겨우 '태'만 내었을 뿐.

그런데 시작하자마자 절망과 마주한 것이다.

그래서 더욱 발 빠르게 움직이며 오한성을 찾았다. 오한성. 그에게 무언가 답이 있을 것만 같았기에.

"인간이 아직 안 죽었군."

"질기군. 그냥 내 손으로 죽이고 싶어."

"인간이 죽을 땐 어떻게 죽는지 구경이나 하자구. 개구리처럼 배를 뒤집고 죽지 않으려나?"

"멍청하긴. 인간은 멍청해서 배가 고프면 자기 살점을 뜯어먹어."

"……멍청한 건 네놈들이다."

마족. 종족 자체가 다른, 생김새만 비슷한 녀석들.

놈들은 인간을 모른다. 인간이란 단어만 알 뿐이지 직접 인간을 본 마족은 거의 없는 듯싶었다. 하기야 이곳 심연에서 자신 외에 인간을 본 기억은 그에게도 없었다.

그들에게 김민식은 훌륭한 볼거리였다.

'우리를 벌레나 짐승으로 보고 있다.'

마족의 시점에서 인간은 그렇게 보이는 모양이었다.

언제고 짓밟을 수 있는 열등한 종족.

"우리가 멍청하다는데?"

"푸하하, 하긴 너는 좀 멍청하긴 하지."

각성자의 특혜가 이럴 땐 짜증이 났다. 모든 종족의 언어를 해석하여 들려주고 들려주는 기능. 차라리 아예 못 알아들었다면 이만큼 짜증이 치솟지는 않았을 것이다.

"겁쟁이처럼 모여서 구경하는 것밖에 할 줄 모르는 놈들. 너희들이야말로 세상에서 제일가는 얼간이고, 겁쟁이다. 내가 두렵나? 두려워서 철창 밖에서 구경만 하는 거냐?"

"뭐라는 거야?"

"인간이 하도 굶어서 미쳤나 본데?"

김민식이 싸늘하게 웃었다.

"겁쟁이 새끼들. 가운데 달려 있는 건 폼인 모양이지? 너희 같은 놈들과 하고 싶은 암컷도 없을 거다. 그러니까 이런 어두컴컴한 곳에서 나 같은 인간이나 구경하고 있는 거겠지."

"죽고 싶어 안달이 났구나."

"사지를 잡아 뜯어줄까?"

두 경비병의 얼굴이 잔뜩 굳었다.

다른 건 몰라도 최근 여마족들의 현상과 관련해서 남자 마족들의 불만이 하늘까지 닿았기 때문이다.

역린을 건드렸으니 반응하지 않을 리가 없다.

“나는 너희가 무섭지 않다. 너희 같은 겁쟁이들은 결국 안전한 구역 밖에서 남을 헐뜯는 것밖에 하지 못하니까 말이야! 병신들. 몸만 정상이지 너희들은 병신과 다를 게 없어!”

“우리가 너를 못 죽일 거 같아?”

쾅! 쾅!

“죽여봐! 죽여보라고! 입으로만 내뱉지 말고 행동으로 보여봐!”

“오냐. 소원대로 죽여주마.”

김민식이 발악하며 몸을 흔들자 제어구가 뜯어질 듯 튕겼다.

두 경비병이 고개를 끄덕이곤 열쇠로 철창의 문을 열었다.

이어 두 경비병이 근접해 오자 그의 눈이 바뀌었다.

손은 묶였지만 발은 멀쩡했다. 양발을 이용해 경비병의 고환을 있는 힘껏 걷어찬 것이다.

쿵!

“꺼어어억!”

파열음과 함께 경비병 하나가 눈이 뒤집힌 상태로 넘어갔다.

그것을 본 남은 경비병이 창을 들어 김민식에게 쇄도했다.

“이 새끼가!”

푸욱!

양손이 특수한 제어구로 구속된 상태였기에 움직일 수 없다. 창이 그대로 김민식의 가슴팍을 찔렀고, 피가 터지며 그가 이를 악물었다.

정신이 아찔해졌지만 여기서 포기하면 안 된다.

우위를 점한 마족이 웃었다.

"살점이란 살점은 모두 벗겨서 죽여주마. 제발 죽여달라고 빌게 될 거다."

"그건…… 두고 봐야지!"

그대로 창을 양다리로 집었다. 이후 최대한 빠르게 창을 바닥으로 눕히자, 마족 경비병이 몸을 엉거주춤한 상태로 만들었다.

상체가 앞으로 쏠린 그 틈을 이용해 다시금 마족 경비병의 목을 양다리로 조였다.

"끄으윽! 놔…… 라!"

마족이 몸부림을 치며 창에 준 손아귀의 힘을 늘렸다.

마구잡이로 창이 김민식의 상체를 헤집어 놓자 피가 온 사방에 튀며 내부의 장기가 터져 나갔다.

결국 누가 먼저 쓰러지냐의 싸움이었다.

그리고 먼저 두 눈을 뒤집은 건 마족이었다.

"커헉! 헉, 헉."

상처를 지혈할 틈도 없이 손을 뻗어 마족의 허리에 있는 열쇠로 구속구를 풀었다.

두 손이 자유로워지자 옷을 찢어 가슴팍에 동여맸다.

'회복 마법을 배워둘 걸 그랬어.'

다른 사람이 해주면 된다고 생각해서 배우지 않았던 게 후회되는 순간이었다.

치유력이 높아졌다곤 해도 이 정도 상처면 오래 버틸 수 없다.

기껏해야 5분, 길어야 10분.

그 안에 회복약 비슷한 거라도 구하지 못하면 죽는다.

비틀거리며 자리에서 일어난 김민식이 지하 감옥의 탈출을 꾀했다.

'젠장. 얼마나 깊은 거야?'

하지만 계단을 오르고 올라도 지상이 나타나질 않았다.

중간중간 마족들의 시선을 피해 몸을 숨기는 것도 힘든 일이었다.

1분 1초가 영원한 시간처럼 느껴졌다. 3분 정도가 지나자 의식이 흐려지기 시작했고, 4분여가 되었을 땐 눈앞이 아예 보이지 않았다. 피를 너무 많이 흘려서 시야가 차단된 거다.

"아저씨. 여기, 서, 뭐 해?"

그때였다. 언제고 들어본 목소리. 기억이 가물가물하지만…… 오히려 죽기 직전이라 더욱 빠르게 떠올릴 수 있었다.

'오한성이랑 같이 있었던 인간형 용족.'

이름이…… 이그닐이라고 했던가?

보는 사람들마다 '세상에서 둘도 없이 귀엽다'고 칭찬하던 그 여자아이가 눈앞에 있었다.

환상인가?

내가 너무 간절해서 보는 환상일까.

"아저씨. 죽어?"

"지상으로…… 안내해라."

마족 경비병의 옷에서 탈취한 작은 단검 하나를 이그닐의 목에 대었다. 그다지 좋아하는 상황은 아니지만, 상황이 상황이니까.

"죽으면, 안 돼. 아빠가 싫어해."

"오한성…… 후욱. 한성이 그 녀석에게……."

젠장. 이젠 말하는 것도 버겁다. 이어 시야가 멀어졌다.

시야가 멀어지기 직전, 한성이 녀석이 떠올랐다. 알레테이아의 본진을 때려 부수고 자신을 구하던 때의 녀석이 말이다.

결국 명이 다해 죽었지만, 그때 녀석이 보였던 눈은 잊히지가 않았다.

그래. 잊을 수가 없는 모양이다.

죽기 직전 녀석의 그 눈이 떠오르는 걸 보면.

'우린 서로에게 비밀이 너무 많았지.'

알레테이아에 귀의한 자신.

세계의 마지막 영웅으로 추앙받던 오한성.

상극이었고, 절대로 가까이할 수 없었던 관계였다. 그렇기에 말하지 못했던 이야기가 많다. 그것이 결국 다시 돌아온 지금에까지 이어지는 듯싶었다.

'우리가 서로에게 조금만 더 솔직했다면…….'

무언가가 바뀌었을까.

조금은 미래가 달라졌을까.

모르겠다. 모르겠지만, 후회는 됐다.

"아저씨. 죽어?"

"제길……."

하나 이제는 이룰 수 없는 일이었다.

더 이상은, 못 버티겠다.

나는 눈앞에 놓인 시체를 바라봤다.

시체는 아니지만, 시체와 다름이 없었다.

'멍청한 놈.'

이그닐이 문을 열어 내 앞에 나타나, 민식이 녀석을 데려왔을 땐 너무 늦었다.

피를 너무 많이 흘렸다. 생명의 근원이 상당히 말라 버린 상태였다.

화타가 와도, 엘릭서가 있어도 이 정도면 살리기 어렵다.

그나마 죽는 시간을 약간 늘려주는 게 전부.

"아빠. 아저씨, 죽어?"

아빠…….

나는 잠시 먹먹한 눈빛으로 이그닐을 바라봤다.

그간 이그닐에게 신경을 쓰지 못했다. 라이라와 요르문간드가 내 아이를 품고 있는 상태였지만, 따지고 보면 이그닐 역시 내 자식과도 같았다.

마음으로 낳은 아이. 종족이 달라도 그런 벽쯤은 내겐 아무 상관 없었을 텐데.

지하 감옥을 혼자 배회하고 있을 줄은 꿈에도 몰랐다.

'내가 너무 무관심했어.'

이그닐의 머리를 살살 쓰다듬었다.

하지만 이그닐은 전혀 아쉽다든가 서러웠다는 감정 없이 기분 좋게 웃어 보일 따름이었다.

너무 가까웠기에 잊고 있었던 것이었다.

내게 처음은 결국 이그닐과 이타콰였을진대.

머리를 강하게 얻어맞은 기분이었다. 마음 같아선 스스로의 뺨이라도 내려치고 싶었지만, 지금은 해야 할 일이 있었다.

"죽게 놔두지 않는다."

녀석이 죽어선 안 된다. 우리는 서로 해야 할 일이 너무 많다. 이제야 조금 털어놓을 마음이 생겼는데, 죽어버려선 결국 아무것도 이루지 못한 채로 끝날 테니까.

하지만 마땅한 방법이 떠오르지 않았다.

이곳은 심연이다. 제대로 된 치료마법 따위가 있을 리 없다.

물약은 많았지만, 인간에게 들을지 미지수인 것들 천지였다.

-진원지기가 손상됐군.

느닷없이 암령이 말했다.

암령, 손오공. 녀석은 그저 필요할 때만 나설 뿐 말이 없는 편이었다. 그런데 약간의 관심을 나타낸 것이다.

'방법이 있나?'

-불사조의 심장. 그리고 크투가라는 놈의 도움이 있으면 낮은 가능성이지만 살 수도 있겠지. 그때까지 이 녀석이 살아 있어야겠지만.

방법이 있다.

그다지 어려운 방법도 아니었다.

창고에 넘쳐 나는 재보들. 불사조의 심장이야 몇 개는 있을 터다. 크투가는 내 부탁을 거절할 수 없다.

고개를 끄덕이며 죽어가는 녀석을 바라봤다.

'죽지 마라.'

또 혼자서 죽어버릴 생각이냐?

아서라. 내 앞에 놓인 이상, 다시는 과거와 같은 상황을 반복하지 않을 것이었다.

몸이 가벼웠다.

하지만 전신은 미친 듯이 뜨거웠다.

"일어났구나."

앞에, 녀석이 있었다.

오한성.

천진난만한 얼굴로 미소 지으며 아무런 일도 없었다는 듯이.

"나…… 안 죽었나?"

"죽었어. 여긴 지옥이야."

"안 죽었구나."

가슴팍을 내려다보았다. 회생 불가의 상처가 거짓말처럼 아물어 있었다.

'녀석이 날 살린 건가?'

하지만, 어떻게?

게다가 이곳은 심연이다. 바깥에 뜬 저 세 개의 달이 지구가 아니라는 걸 알려줬다.

몸 상태가 정상인 걸 확인하자 김민식이 주먹을 쥐었다.

목이 탔다. 갈증이 났다. 이 갈증은 녀석을 쥐어패야 풀릴 것만 같았다.

결국 오한성의 멱살을 쥐어 잡았다.

“다 털어놔. 너, 대체 뭐 하는 놈이냐?”

바로 주먹이 날아가지 않은 것만 해도 엄청난 인내력을 발휘한 것이다. 그런 김민식의 마음을 아는지 모르는지 오한성은 실실 웃기만 했다.

하지만 예전이라면 모를까 이번에는 쉽게 넘어갈 수 없다.

‘눈빛.’

그래. 김민식은 그간 오한성의 눈빛을 정면으로 바라보지 못했다. 녀석에 대한 미안함의 발로인지는 모르겠지만…… 하지만 녀석의 웃는 입과 달리 눈빛은 상당히 정색을 하고 있었다. 미묘하기 그지없는 차이지만, 이제는 안다.

“내가 여기 있다는 건 어떻게 안 거야?”

“뱀 여자를 따라왔다. 왜 네가 심연에 있는 거지? 그것도 우리엘 디아블로의…… 성에.”

가장 이해가 안 가는 건 이 부분이다.

우리엘 디아블로. 과거 한국을 묵사발로 만들었던 희대의 괴물.

그놈이 지배하는 이 성에서 오한성을 찾았다. 그가 아는 오한성은 분명히 인간이었다. 한데 인간을 벌레 보듯 바라보는 마족들의 틈바구니에서 어떻게 있을 수 있단 말인가?

"이야기하자면 길어."

"다 들을 거다. 시간이 아무리 오래 걸려도. 반드시."

그제야 오한성의 입가에서 미소가 지워졌다.

이번에는 피하지 못할 것이다. 목숨 내걸고 찾아왔으니까.

"아르켄을 알아?"

"안다."

"내가 아르켄이야."

"……!!"

김민식이 눈을 부릅떴다.

아르켄이라고?

"하지만, 알 아락사르는 아니라고……."

"알 아락사르?"

"물의 기사라는 녀석이다. 그는 네가 지구의 신이며 아르켄이 아니라고 했다."

순간 오한성의 눈에서 이채가 발했다.

"아르켄이란 이름은 유서희에게 받은 거니까. 알 아락사르는 모르겠지."

틀린 말은 아니었다. 정확하게 말하자면 본래 유서희가 아르켄이지만 그 이름을 대신 계승했으니 말이다.

그 이야기를 듣고서 김민식도 약간 눈치를 챘다.

'원래 유서희가 아르켄이었구나.'

그 천재성. 인류 누구도 따라올 수 없는 속도로 강해지고 있었다. 정통의 강자. 검술의 귀재. 아르켄이라면 설명이 된다.

"정말…… 아르켄이 너냐?"

"숨겨서 미안하다. 어쩔 수 없었어. 누구에게도 밝혀져선 안 된다고 생각했으니까."

현대의 아르켄 역시 전설이었다. 용을 다루며, 러시아를 깨부수고, 수많은 괴물을 물리쳐 세계의 억제력이 됐다.

그리고 자신을 구해줬다. 알레테이아 교단의 마수에 걸려 허우적대고 있을 때, 그가 나타나 다른 용병들을 죽이며 자신을 심연으로 끌고 간 것이다.

심연…… 그래서 이곳에 있는 건가. 우리엘 디아블로와 관계가 있기 때문에?

"우리엘 디아블로와는 대체 무슨 관계인 거지?"

"그는 협력자다. 그는 다른 데몬로드들이 지구로 향하는 걸 탐탁지 않아 해. 내가 강해질 수 있었던 것도 그 덕분이지."

"우리엘 디아블로가…… 협력자라고?"

허.

김민식이 허파에 바람 빠진 소리를 냈다.

이게 무슨 씻나락 까먹는 소리인가.

우리엘 디아블로는 악의 근원이다. 데몬로드이며 지구를 좀먹는 괴물 중의 괴물이었다. 이대로 방치했다간 과거와 같은 불상사가 벌어질 것일진대.

협력자? 협력자의 뜻이 그사이에 바뀌기라도 한 걸까.

"그는 다른 데몬로드와 달라. 어느 편이냐고 하면 오히려 인간의 편에 가깝지. 하지만 경계를 늦추지 않아야 하는 존재인 건 분명해."

뭐라 말을 해야 할지 모르겠다.

오한성은 무덤덤하게 충격적인 진실을 늘어놓는 중이었다.

머리가 과열돼서 터져 버릴 것만 같았다.

하지만 한 가지 확실한 건.

"놈은 악이다. 지구를 멸망시킬 괴물. 그런 놈이 협력자라니! 그사이에 혹시 세뇌된 건 아니겠지?"

"그렇게 생각하는 것도 이해한다. 그의 목적은 인류의 구원이 아닌 다른 데몬로드들의 말소. 이해관계가 맞아떨어져서 내가 여기에 있는 거야."

"네가 뭘 할 수 있다고?"

"뭔가를 할 수 있겠지. 하려고 한다면."

사고관이 다르다. 내가 아는 오한성이 맞는 건지 김민식은 잠시 고민할 수밖에 없었다. 하지만 분명히 눈앞에 있는 건 오한성이었다.

과거, 최후의 영웅. 그 이력만은 결코 부정할 수 없으니.
그때 오한성이 되물었다.
"그런데 내가 지구의 신이라니, 무슨 말이야?"
"알 아락사르는 그렇게 말했다."
"영문을 모르겠군."
"알 아락사르는 네가 지구로 오지 않으면 지구가 더 위험해진다는 말도 했다. 지구의 신이 없으니 균열이 빠르게 커진다는군."
"으음, 그런 소릴 했단 말이지."
오한성이 팔짱을 끼곤 골똘히 고민에 잠겼다.
하지만 그를 바라보는 김민식의 두 눈엔 혼란이 가득했다.
"너는 원래 테이머가 아니었나?"
"그래서 용도 길들였잖아? 너도 둘 다 만나봤으니 알고 있겠지만."
"그래…… 그렇지."
테이머의 재능이 아무리 뛰어나대도 용을 길들였단 말을 들어본 적조차 없다. 도시 전설과 비슷한 거였다. 용은 길들이는 게 아니라 상상을 초월하는 마력과 재물로 지배하는 것이다. 아니라면 시도조차 말아야 한다.
"네가…… 정말 아르켄이란 말이지."
"숨겨서 미안했다. 하지만 내가 아르켄인 게 알려지면 세상은 더욱 혼돈의 도가니가 됐을 거야."

맞는 말이다. 러시아 군부를 무너뜨리고, 러시아 군부의 인체 실험이 백일하에 퍼져 나간 계기가 됐다.

대적 불가의 괴물을 퇴치하며 그는 명실상부 '용의 기사'로 불리며 세계의 억제력이 된 부분이 있었다.

하지만, 김민식조차 그가 같은 인간이라고 생각하지 않았다.

그러기엔 너무나도 강했던 것이다.

차원이 다를 정도의 강함. 지금 김민식 역시 비슷한 일을 하라고 하면 할 수 있겠지만…….

'강한 건가?'

오한성에게선 미약한 마력뿐이 감지되지 않았다.

강하다는 인상이 전혀 없었다.

아예 몰랐다면 '약하다'며 넘어갈 수 있겠지만 녀석이 정말 아르켄이라면.

"얼마나 강한 거지?"

"뭐가?"

"너, 얼마나 강해진 거냐."

"너보단 강하지 않을까?"

즉답. 다소 도발적이기까지 하다.

하지만, 그렇겠지. 그럴 것이다. 마력을 자신이 느끼지 못할 정도로 갈무리할 능력이라면 마땅히 자신보다 더 강해야 했다.

같은 인간 중에선 대적자가 없다고 여겼다. 그도 그럴게, 가짜 알레테이아라지만 녀석이 가진 힘은 진짜와 비슷했기 때문이다.

그 압도적인 힘. 그것을 받아들이며 하늘 위에 또 다른 하늘이 있다는 걸 알게 됐다. 더 강해질 수 있다는 자신감. 언제고 괴물들도 이겨나가리란 희망.

또한 자존감의 문제였다.

머리로는 이해해도 가슴으론 이해가 되지 않았다.

그래서…….

"싸워보자. 오늘…… 나는 너를 미치도록 패고 싶으니까."

녀석을 때려야겠다.

맞아줘야 하나?

맞아줘야겠지?

'세 대만 맞아주자.'

많은 걸 밝힐 생각은 없었다.

하지만 생각보다 녀석이 많은 걸 알고 있었다.

타협을 해야 했다. 내가 아르켄이라는 것, 내가 우리엘 디아블로와 관계가 있다는 것.

밝히지 않으면 녀석은 납득하지 못할 거다. 자신의 목숨을 버려가면서까지 심연의 끝자락에 있는 나를 찾아온 녀석이었으니.

여태껏 숨겼던 비밀을 알았으니 어지간히 화가 났으리라.

"제대로 해라. 봐주지 말고."

적당히 상대한다는 걸 눈치챈 녀석이 쏜살같이 화를 냈다.

확실히 민식이의 주먹은 매서웠다. 어지간한 노력으론 얻을 수 없는 신체 능력과 기술. 단순히 가짜 알레테이아가 도와줬다 하여 얻을 수는 없는 것이었다.

피가 나는 노력을 했겠지.

나는 여태껏, 회귀한 이후 민식이 녀석이 좌절하지 않도록 온갖 노력을 다했다. 나 자신을 숨기고 녀석이 겉으로 떠올라 영웅이 되도록 나름대로 열심히 도왔다.

아르켄이란 가면을 쓴 것도 비슷한 맥락이다. 한데…… 녀석이 어느 정도 사실을 알았으니, 더는 '약자 오한성'일 필요가 없지 않을까?

'적어도 이 녀석 앞에선.'

약해 보이고 싶지 않은 게 사실이다. 녀석도 나름대로 정도를 걷고자 입에 단내가 나도록 달려왔다는 걸 알기에 더더욱 진심을 부딪치고 싶은 마음도 있었다.

"후회할 텐데?"

"해도 내가 한다. 일방적으로 때려봤자 재미없어."

원래 이런 녀석이었던가?

과거의 모습을 떠올리면 매치가 안 될 정도다.

많이 바뀌었다. 무엇이 녀석을 이토록 바뀌게 한 걸까.

영웅. 내가 진절머리 나도록 버리고 싶어 했던 그 두 글자가 녀석을 이렇게 바꿔놓은 건가?

'인생사 새옹지마라더니.'

작게 웃으며 고개를 끄덕였다.

좋다. 적당히 몸을 풀기로 했다.

그래도 '선'은 지켰다. 내 힘과는 동떨어진 것은 사용을 자제하기로 말이다. 예를 들어 암력이나 멸제의 카르페디엠이 지녔던 마력은 본래 내 것이 아니었다. 그리고 폭식으로 얻은 이점 역시 버렸다.

오로지 순수한 육체적 능력으로만 맞붙기로 했다.

오히려 그편이 더 제대로 붙어볼 수 있기도 하고.

꽈득!

옆구리로 파고드는 녀석의 주먹을 왼손으로 가드 했다.

꽈득, 소리와 함께 뼈가 나갔다.

'인정사정없다 이거지.'

여태까진 준비운동이었던 모양이다. 아무런 예고 없이 훅

들어와서 억지로 막느라 뼈가 나갔으니.

하지만 뼈 하나 나간 정도로 내가 멈출 리 없다. 이 정도 상처는 상처 축에도 끼지 못한다.

오른손으로 녀석의 어깨를 잡고 녀석의 품 안으로 파고들었다. 그대로 무릎을 올려 복부를 강타하려 했지만, 민식이가 손바닥을 들어 내 무릎을 방어했다.

꽝!

그러자 녀석이 그대로 머리로 내 머리를 들이받았다.

잠시 하늘에 별이 떴다. 그리고 그것은 녀석도 마찬가지였다.

이마를 부여잡곤 녀석이 급히 물러났다.

"나보다 더한 돌머리는 없을 거라고 생각했는데."

"이거 반칙 아니냐?"

"이기기만 하면 돼."

그래도 역시나 깨끗함과는 어느 정도 거리가 있는 듯싶었다.

작게 미소 지으며 달려들었다. 말 그대로 개싸움이었다. 하지만 기본적인 신체 능력도 내가 더 높았다. 시간이 지날수록 승리는 내 쪽으로 확실히 기울었다.

후욱! 후욱!

미친 듯이 숨을 고르며 바닥에 널브러진 녀석이 마침내 백기를 들었다.

"……졌다."

"그만 일어나라. 그러다 다시 죽는 수가 있다."

"하, 진심으로 싸우면…… 난 상대도 안 되겠군."

민식이가 회의감에 가득 찬 목소리를 내뱉었다.

녀석에게 맞춰주며 어느 정도 진심을 내보이긴 했지만, 내 전력을 다한 건 아니었다. 녀석도 그것을 눈치챈 모양이다.

하지만 나는 그 힘들을 조절하는 법을 모른다. 게다가 진심이 아니었던 건 녀석도 마찬가지였다.

"너도 마법을 안 썼잖아."

"써봤자 결과는 안 달라졌겠지. 그 정도는 알아."

대답하지 않았다.

그러자 대(大)자로 뻗은 녀석이 말했다.

"어떻게 그렇게 강해질 수 있었던 거냐? 이건 과거의 너보다…… 더 강한데."

"과거의 나라니?"

"아니야. 하여간…… 우리엘 디아블로의 영향이겠지. 대체 놈은 어떻게 만난 거지?"

"그냥 문을 넘어갔는데 거기에 우리엘 디아블로가 있었어."

"그걸 말이라고 하는 거냐?"

"진짜다."

사실은 사실이었다. 정확히 말하자면 문을 넘어가니 우리엘 디아블로가 된 거지만.

그런 세세한 것까지 설명하기엔 너무 길고 믿을 리도 없었다.

김민식은 이젠 될 대로 되라는 표정을 지었다.

"망할 놈…… 나한테만은 알려줄 수도 있었을 텐데."

"우리엘 디아블로가 어떻게 나올지 나도 확신할 수 없었어. 문제가 생긴다면 차라리 나 혼자 죽는 게 나으니까."

"그런 게 섭섭하단 거다. 네가 죽으면 누가 좋아할 줄 알고?"

"슬퍼해 주는 거냐?"

"일단은. 친구니까."

민식이가 고개를 돌렸다.

창피해하는 걸까?

작게 웃으며 나도 바닥에 드러누웠다.

심연의 하늘은 여전히 까맣다. 세 개의 달은 여전히 익숙하지가 않았다.

"친구…… 그래, 친구지. 고맙다. 그나저나 궁금한 게 있는데. 내가 지구의 신이라는 건 무슨 소리야?"

"알 아락사르가 말했다. 네가 지구의 신이기 때문에 네가 없으면 균열이 더 빨리 번진다고."

"균열이?"

"지구의 모든 사람이 심연을 봤다. 데몬로드들의 전쟁을 봤지. 압도적인 광경. 절대로 이길 수 없다는 무력감. 이 역시 균열이 커져서 보인 거였다는군."

데몬로드들의 전쟁.

맙소사. 그걸 모두가 봤단 말인가?

생각조차 하지 못했다. 이후 나는 계속해서 심연에 있었기 때문이다.

"심연과 지구가 하나로 합쳐지고 있는 느낌이었다. 그래서 묻고 싶다. 알 아락사르의 말이 사실이라면, 너는……."

반쯤 상체를 들어 올린 민식이가 흔들리는 눈동자로 나를 바라보며 말했다.

마치 무언가를 직감했다는 듯.

"내가 아는 오한성이 맞는 거냐?"

나는 잠시 대답할 수 없었다.

내가 아는 오한성이 맞느냔 말.

녀석이 아는 나는, 과거의 나다. 회귀하기 전의 오한성. 돌아온 이후의 나는 과거와 결코 '같은 인물'이라 할 수가 없었다.

'나는 달라졌다.'

과거, 나는 삶의 의미를 찾지 못했다.

영웅이었기에. 영웅이라 불렸기에 영웅처럼 행동했을 뿐이다.

하지만 지금은 아니다. 그 역할에서 벗어난 지금 나는 내게 더욱 소중한 것들을 찾아가고 있었다. 과거와 비슷하면서도 결코 같을 수 없는 종류의 만족감을 느끼는 중이었다.

"네가 아는 오한성은 어떤데?"

"적어도…… 혼자 일을 꾸미는 타입은 아니었지."

"그랬나? 하지만, 사람은 바뀌는 법이다. 세상이 바뀌었는데 사람이라고 안 변하겠어?"

"그러기엔……."

"너도 달라졌다, 민식아. 너 역시 숨기고 있는 게 있지. 그런데도 너는 계속해서 말을 아끼고 있어. 처음부터 뭐 마려운 강아지 같은 그런 표정이었잖아. 기억나? 그날, 갑자기 우리 집에 달려와선 미안하다고 흐느꼈던 그때 말이야."

민식이는 울었다. 진심으로 울었다.

그날. 내가 회귀하고 돌아온 그날 말이다.

녀석은 우리 부모님이 죽은 시점 뒤로 돌아왔다. 그 전으로도 돌아오고자 했으면 돌아올 수 있었을 텐데 그러지 못해서 미안하다고, 앞으로 자기만 믿으라며 그렇게 떠나갔다.

그 이후 녀석은 바뀌었다.

철저하게 겁쟁이의 내색을 숨기고 강한 척을 했다.

내가 아는 민식이는 그런 녀석이 아닌데.

"나는……."

민식이도 살짝 당황한 표정을 지었다.

내가 역으로 물어보리라곤 상상하지 못한 걸까.

그러나 나 역시도 궁금한 게 많았다. 민식이가 돌아오게 된 정확한 경위, 이후 녀석이 겪었을 특수한 사건들이 말이다.

'나만이 특이한 일을 겪지는 않았을 터.'

과거가 달라진 데에는 녀석도 어느 정도 한몫을 했을 것이다.

단지, 내가 모를 뿐. 게다가 회귀했다는 말을 녀석에게서 직접 듣고 싶었다.

회귀. 과거로부터 돌아왔다는 그 사실은 녀석의 아킬레스건과 같았다. 하지만 진정으로 '믿음'을 내세우려면 그 사실을 말하는 것만큼이나 확실한 건 없다.

녀석은 과연 말할까? 말할 수 있을까?

"내가 그때 그랬던 건…… 세상의 변화를 포착했기 때문이다. 바뀔 수 있다는 걸 알게 되고 가장 먼저 떠오른 게 너였어. 하지만 그보다 빨리 내 변화를 눈치챌 수 있었다면 네가 겪었던 불우한 일들을 겪지 않게 할 수도 있었을 거야."

"내 부모님이 돌아가신 일을 네가 막을 수 있었다고?"

하지만 녀석의 대답은 내 기대와 약간 어긋났다.

동시에 화도 났다.

"부모님이 겪으신 일은 사고다. 어쩔 수 없는 일. 이미 지나가 버린 과거. 막을 수 있었다면 좋았겠지만, 결국 막지 못했으니까. 네가 슬퍼해야 할 게 아니야. 정말로 슬퍼했다면 부모님 분향소에 꽃이라도 한 송이 놔드렸어야지. 하지만 그러지 않았잖아."

"……1분 1초라도 더 빨리 강해져야겠다고 생각했다. 그래서 내가 갖고 있는 모든 것을 지켜야겠다고 생각했다."

"그래. 이제야 좀 솔직하게 말하네. 결국 자기 위안일 뿐이야. 너는 슬퍼하는 자신을 보며 합리화를 시켰을 뿐이라고. 그게 계기인 양 말하지만, 사실은 그게 계기가 아니잖아."

민식이가 눈을 끔뻑였다.

그런 관점에선 생각해 본 적이 없는 거겠지.

하지만 내 말이 맞을 거다. 녀석은 스스로의 변화를 합리화시킬 무언가가 필요했다. 과거의 자신을 버리고 새로운 자신을 만들어야 할 계기. 그게 바로 나였다.

최후의 영웅이었던 존재. 나를 위한다고 하지만, 결국 그 모든 과정이 '나'에 대한 투영이었을 뿐이다.

'슬픈 감정이 거짓은 아니었겠지만.'

정말로 슬펐겠지. 녀석의 그 감정을 부정하진 않는다. 하지만 그러한 감정을 가지게 된 원인이 결국 '나'의 투영이었을 뿐이니, 그것을 변명이라고 내뱉는 걸 보면 기가 찰 따름이었다.

"민식아, 솔직해지자. 너도 그걸 바라고, 나도 그걸 바라잖

아. 우리가 여기서 모든 사실을 떠들어 댈 순 없겠지만, 우리의 사이이기 때문에 털어놓을 수 있는 비밀 한두 가지는 있을 거 아니냐?"

내가 아르켄이라는 것. 데몬로드와 관계가 있다는 것은 털어놨다. 그 이상은 녀석이 받아들일지 못 받아들일지 알 수가 없어서 잠시 보류하고 있었다.

나는 사실 우리엘 디아블로고, 너와 함께 회귀했으며, 여태껏 그런 너를 지켜보고 있었다는 사실을 알게 되면, 설령 내가 민식이라도 잠시 정신이 나가 버릴 것 같았기 때문이다.

한 번에 모든 걸 털어놓을 순 없지만 하나씩, 하나씩, 그렇게 언젠가 완전히 등을 맡기고 지낼 수 있는 그런 관계가 되길, 나는 소망하고 있는지도 모르겠다.

"그전에…… 그전에 한 가지만 확인해다오. 너는 정말로 내가 아는 오한성이 맞는 건지."

"내가 오한성이 아니면 누구란 말이야?"

아무리 우리엘 디아블로와의 동화율이 높아졌다고 해도 내 베이스는 오한성이다. 지구에서 살아왔고 살아갈 인류!

달라졌다 해도 내 인격 자체가 변한 건 아니다.

내 자신 있는 표정을 보곤 그제야 녀석도 고개를 끄덕였다.

"미안하다. 지구의 신이라는 녀석에게 빙의당했거나, 나와 같은 특이한 일을 경험한 줄 알았다."

빙의라니. 그렇게 생각할 수도 있긴 있겠다.

"특이한 일?"

"나는……."

운을 뗐지만 녀석은 내 눈을 쳐다보고 한참을 망설였다.

말해도 되는 건지, 그게 지금인지 아닌지 갈피를 못 잡는 모습.

나는 진득이 기다렸다. 지금이 아니면 영원히 듣지 못할 것 같았기 때문에.

"나는 또 다른 세계의 꿈을 꾼다."

"또 다른 세계?"

"꿈인지, 현실인지, 알 수 없다. 하지만 자세히 보면 지구의 미래와 같기도 하다. 멸망 직전, 괴물이 우글거리고 네가 영웅으로 활동하고 있는 세계."

"그건 좀 흥미가 생기는군."

"긴 꿈을 꾼 기분이다. 그리고 그 꿈은 지금도 계속해서 나를 괴롭힌다. 나는 악당이었고 괴물을 사육해 사람들을 죽이기도 했으니까. 반대로 너는 인류의 영웅이었다. 내가 본 너는 항상 싸우고 있었지. 이후의 세계는 결국 멸망했다. 인간은 단 한 명도 남지 않았어."

……약간 각색해서 말하고 있는 거겠지?

계속해서 들어보기로 했다.

"너는 결국 죽었다. 네가 죽자 인류는 즉시 와해됐다. 남은 것을 갖고자 서로 싸우다가 심연의 수많은 괴물에게 순식간에 압살당했다. 그러자 하늘이 열리고 거대한 빛의 덩이가 떨어지며 모든 게 멸했다. 괴물들도 지상에 남지 않게 되자 녀석이 나타났다."

"녀석?"

"몰라. 그가 누군지, 뭐 하는 놈인지. 유일하게 남은 놈은 지구의 모든 마력을 빨아들이고 그곳을 죽음의 행성으로 만들었다. 그러곤 내게 말했다. 너 때문에 이렇게 된 거라고."

녀석이라면 니드호그나 흐레스벨그를 말하는 거겠지. 나는 후자에 더 무게를 두었다.

하지만 지금 민식이의 말에선 거짓이 느껴지지 않았다.

뭐지? 왜 녀석은 돌아온 이후의 일을 알고 있는 걸까.

혹시 민식이는 정말로 과거의 일을 '꿈'으로 치부하고 있는 건 아닐까. 우리엘 디아블로가 미래 선택을 하고자 100년간 꿨던 꿈처럼.

"너 때문에 지구가 멸망했다는 거냐?"

"나에게 한 말인지는 솔직히 확실하지 않다. 하지만 내 '시점'을 갖고 있는 존재에게 말한 건 확실하다. 그 이후 세계가 격변하며 꿈에서 항상 깨어난다."

잠시 할 말을 잃었다.

아무래도 거짓은 없어 보였다.

녀석은 과거의 일을 정말로 '꿈'으로 치부하고 있는 것이다.

다만 그것이 너무 정밀하고 현실감 있어서 꿈을 진실로 믿고 있는 셈이었다.

'나와 함께 회귀한 부작용인가?'

그래도 이상하다. 나는 내가 죽고 난 다음의 기억이 없다. 당연하다. 사람은 죽으면 끝이니까. 민식이 녀석이 하는 말처럼 이후의 기억이 있는 게 이상한 거다.

하지만 녀석은 그것을 기억하고 있었다. 물론 그 기억이 맞는다는 보장은 없다. 하지만 꽤나 신빙성이 있지 않은가.

녀석은 나의 죽음과 데몬로드들에 의한 최후의 전쟁, 이후 거신의 소환까지 내다보고 있었던 것이다.

"그래서 나는 그런 미래가 되지 않도록 나름대로 노력해 왔다. 하지만…… 부족하다. 나 혼자선 할 수 없어. 나는 영웅의 그릇이 되지 않았던 거다."

"내가 본 너는 충분히 영웅이다."

영웅이 되려고 노력했고, 영웅이 되었다.

영웅이 별건가. 남을 위해 자신의 욕심을 버려가며 노력할 줄 알면 그게 영웅이지.

헌신. 영웅에게 필요한 단 한 가지 덕목이 아니던가.

"그리고 고맙다. 이야기하기 힘들었을 텐데."

"……믿어주는 거냐?"

"믿지 못할 이유가 없지. 내가 지금 이러고 있잖아?"

민식이가 피식 웃고 말았다.

"하긴, 심연에서 데몬로드와 붙어먹었다는 이야기는 누구한테 말해도 믿지 않겠지."

"표현이 상스럽다. 하여간, 혼자서 안 되면 둘이서 하면 되지 않겠어?"

녀석이 비밀 보따리의 가장 큰 부분 하나를 풀어놓았다.

내가 생각해도 약간 의아한 부분은 있지만 맥락은 달라지지 않았다.

그렇다면…… 친애의 의미로, 서로가 윈-윈 하는 구조를 보다 쉽게 만들 수 있을 것이다.

"둘이서, 말이냐?"

"나는 심연에서, 너는 지구에서. 서로가 할 수 있는 일이 있겠지."

"예컨대?"

"심연도 사람 사는 곳이랑 똑같더라고. 마침 거대한 경매가 열리는데…… 잘만 성사되면 우리엘 디아블로의 힘을 한 번에 키울 수 있을 것 같아."

"놈은 믿을 수 있는 거냐?"

"나는 믿고 있어."

"좋아. 나도 믿어보겠다."

그건 정말 엄청나게 큰 결심이었을 것이다.

우리엘 디아블로는 한국을 쑥대밭으로 만든 악의 종주니까.

하지만 내가 우리엘 디아블로를 믿는 걸 보며 녀석도 믿기로 한 거다.

"내가 도와줄 수 있는 일이 있겠지?"

민식이가 말했다.

"그럼."

나는 힘차게 고개를 끄덕였다.

우리는 조금 더 가까워졌다. 일단 큰 한 발자국을 내디뎠다고 해야 할 것이다.

자잘한 문제를 해결하고 서로 더욱 신뢰를 쌓게 되면 내 모든 걸 털어놓을 수 있는 날이 올지도 모르겠다.

더불어 녀석이 가진 비밀도 모두 들을 수 있게 되겠지.

'숨기는 게 있어.'

그리고 그 숨기는 건, 나와 마찬가지로 내가 들어서 감당할 수 없다고 여겨지는 것이거나 아직 시기상조라고 느끼는 부류의 이야기일 것이었다.

이런 건 결국 시간이 약이다.

한번 열린 신뢰의 장이 단번에 닫힐 리는 없으므로.

대신…… 조금 더 건실한 일을 하기로 했다.

"로드시여, 이건……?"

"라이라, 쉬라고 했잖느냐."

우리엘 디아블로의 몸으로 전이하여 일을 진행했다.

거대한 마차가 속속들이 도착하고 있었다.

그리고 마차 안엔 지구의 물품이 가득 채워져 있었다.

"로드께서 건재하신데 제가 쉴 수는 없습니다."

그녀의 고집에 백기를 들었다. 겉으로는 별 차이가 없지만, 그녀는 새로운 생명을 품고 있었다. 그것을 그녀도 알았다.

처음엔 당황했지만, 그 사실을 깨달은 이후부터 나를 바라보는 시선에도 약간의 변화가 생겼다.

그래도 여전히 살갑다거나 하지는 않지만 장족의 발전이다.

요르문간드는 '아이에게 좋은 영양분을 섭취하고 오겠다'며 '가짜'의 사냥을 나섰다. 그리고 나는 지금 이 성에서 작당을 모의하는 중이었다.

"지금은 그게 중요한 게 아닙니다. 로드시여, 저 물건들이 대체 뭡니까?"

나는 작게 웃으며 답했다.

"심연에는 없는 것들. 하지만 심연에 꼭 필요한 것들이지."

다른 데몬로드들의 포인트를 줄여나갈 계획의 뼈대이자 마지막 경매에 대비하고자 하는 한 수!

이제 시작이었다.

구르망디. 괴짜 과학자이자, 리치이며, 절대 지배 상회를 이끄는 총수.

본래라면 골방에 틀어박혀 주야장천 발명에 빠져 있어야 하지만, 상회를 떠맡은 이후로 그는 쉴 틈 없이 발을 놀리는 중이었다.

심연 곳곳으로 상행을 가며 발명다운 발명도 못 한 게 어언 몇 년.

이제는 다 때려치우고 다시 굴속으로 들어가려던 찰나, 우리엘 디아블로가 그를 호출했다.

"……이게 뭡니까?"

"뭘 거 같나?"

"처음 보는 물건들입니다만."

창고에 가득 채워진, 쇠로 정교하게 만들어진 각종 물건을 보며 구르망디가 대답을 아꼈다.

대신 그것들을 손으로 만지며 생각에 잠겼다.

'굉장히 정교하군.'

쇠를 굽고 접어서 만든 건가?

어지간한 드워프들도 이렇게 정교하게 만들진 못할 것이다.

네모난 것, 커다란 것, 얇고 굵게 생긴 것…… 용도는 알 수 없지만 들어간 기술력이 상당하다는 것만큼은 알 수 있었다.

"시범을 보여주마."

커다란 쇳덩어리를 우리엘 디아블로가 어깨 위에 둘러멨다. 그러곤 몇 개의 버튼을 누르자 김빠지는 소리와 함께 무언가가 분출되더니.

콰아앙!

벽과 충돌하여 폭발을 일으켰다.

과연. 이 쇳덩이들이 '무기'라는 건 이해했다.

"생소한 공격용 무기로군요. 어린 마족들이 사용하기엔 적절할 것 같습니다."

하지만, 그뿐이다.

공격력이 형편없었다.

폭발이 일어나며 벽에 균열이 생기긴 했으나 어지간한 마법 한 번이면 그보다 더한 파괴력을 선사할 수 있었다.

마법을 거의 배우지 않은 어린 마족들, 혹은 약한 종족들에게나 어울릴 법한 무기였던 것이다.

이후 몇 개의 물건을 더 시연한 우리엘 디아블로가 말했다.

"바주카포와 총이라 불리는 무기들이다."

"인상적이긴 합니다만, 강한 괴물의 살을 뚫진 못할 것 같습니다."

"맞다. 여기 있는 것들은 모두 지구에 있는 인간의 물건이지."

"호오, 이것들을 인간이 만들었단 말입니까?"

그 부분에 있어선 상당히 흥미가 동했다. 지구의 인간은 심연에선 굉장히 생소한 존재였다. 애당초 '지구'라는 장소가 부각된 것도 데몬로드들의 전쟁이 시발점이었으니.

최후의 전쟁터가 '지구'라는 곳에서 열릴 거라는 건 데몬로드들의 전쟁에 관심이 있는 자들은 모두가 아는 것이었다.

하지만 정작 그곳에 대한 자세한 사항까진 아는 자가 드물었다.

그런데 그곳에 있는 인간들이 만든 무기라니…….

"네게 이 무기들의 개량을 맡길까 한다."

"……개량을, 말입니까?"

"강한 괴물의 살도 단번에 뚫어버릴 수 있도록, 마력과 연계하여 더 강한 힘을 낼 수 있도록 말이다."

"흥미는 동합니다만…… 이 무기들을 해부하고 개량하는데 상당한 시간이 걸릴 겁니다."

"너 혼자 하라는 말이 아니다."

"아아, 기술이 좋은 리치들을 몇 알고 있습니다. 그들에게 말하면 그들도 흥미를 가질 겁니다."

"아니, 우리가 하는 연구와 개발은 절대 외부로 흘러가선 안 된다."

"그럼 누구와 작업을 진행하라는 겁니까?"

구르망디가 고개를 갸웃했다.

혼자서 하지 말라고 하는데, 외부에서 끌어들이면 안 된단다.

하지만 구르망디가 알기로 우리엘 디아블로와 그의 진영에 있는 기술자는 자신 외엔 없었다.

"인간."

"……인간이요?"

"그렇다. 인간 과학자들과 함께 연구해라."

구르망디가 잠시 멈칫했다.

인간, 인간이라니!

심연은 결코 허약한 인간 따위가 살아갈 수 있는 장소가 아니다.

모든 마족과 괴물들은 인간에 대한 혐오감을 갖고 있으며 벌레와 같이 여기는 부류도 많았다.

그들의 기술력을 이용한다는 것 자체를 부끄럽게 여길 자가 많은데, 더 나아가 우리엘 디아블로는 인간의 기술과 심연의 기술을 합쳐 보겠다고 말하고 있는 것이다.

그것도 인간을 직접 들여가면서까지.

'미쳤군.'

알려지는 순간 우리엘 디아블로의 평판은 나락까지 추락할 것이다.

그의 추락은 구르망디의 추락과도 같았다. 구르망디는 이미 우리엘 디아블로라는 배에 탑승한 것과 같았다.

"이 사실들이 발설되는 순간 왕의 지위조차 잃어버릴 수도 있습니다."

"걱정 마라. 그럴 일은 없을 테니. 너조차도 이것들이 인간이 만든 것이라곤 생각 못 하지 않았느냐?"

맞다.

구르망디조차 이 물건들이 인간이 만든 것이라곤 생각하지 못했다. 누군가가 발설하지 않는 이상 걸릴 위험은 거의 없다는 뜻.

또한 개량을 하면서 외형이야 조금 고치면 그만이다.

구르망디가 다시금 인간이 만들었다는 무기들을 쳐다봤다.

확실히, 구미가 당긴다.

"저건 뭡니까?"

구석에 천으로 덮인 채 가려져 있는 거대한 물건이 있었다.

그것을 가리키며 묻자 우리엘 디아블로가 답했다.

"전차라고 불리는 물건이다. 우리의 주력 상품이 될 것이지."

"봐도 되겠습니까?"

그가 고개를 끄덕이자 구르망디가 쏜살같이 달려가 천을 벗겨냈다.

그러자 육중한 무게의 초록빛 쇳덩이가 모습을 드러냈다.

겉을 살피고 속으로 들어가 한참을 살피던 구르망디가 턱을 쓸었다.

'정교하고 아름답군. 굉장히 세밀한 공정이 들어갔어. 드워프도, 엘프도 따라 하지 못할 지식의 총아…… 인간이 만든 거라곤 믿기지 않는구나.'

"할 수 있겠나?"

구르망디는 잠시 망설였다.

그는 과학자다. 또한 리치이기도 했다. 인간의 기술을 엿보고 탐낸다는 것에서부터 벌써 자존심이 상하기도 하였다.

하지만…… 그만큼 매력적이었다. 아무도 접하지 못했을 문물. 우리엘 디아블로가 자신의 위험을 무릅써가며 도박을 걸었다. 자신을 믿는다는 걸까? 아니면 그만큼 자신이 있다는 건가.

'해부해 보고 싶군.'

여태껏 없었던 문물. 신지식의 탐구는 진리의 탐구로도 이어진다.

게다가 인간 과학자들의 기술까지 흡수할 수 있다면 심연 최고의 탐구자로 거듭날 것이었다.

손이 근질근질했다.

당장 저 무기들을 해부해 보고 그 기술을 탐하고 싶었다.

대답은 처음부터 정해진 것이나 다름없었다.

"하겠습니다. 부디 제게 시켜주십시오."

내심 미소를 지었다.

구르망디가 괴짜라서 다행이었다.

게다가 그는 편견이 얕았다. 다른 리치라면 힘들겠지만 구르망디라면 충분히 성과를 낼 것이다.

'설마 진짜 전차를 보내줄 줄이야.'

하지만 더욱 놀란 건 민식이의 노력이었다. 아무리 녀석이라도 몰래 전차 한 대를 빼돌리는 건 엄청나게 힘에 겨웠을 것이다.

지구에서 올 과학자들도 민식이의 입김이 닿아 있었다.

하지만 나는 그들 모두를 '지배'했다. 민식이는 믿지만 그들의 눈과 입 모두를 믿을 수는 없기 때문이다.

'시간이 많지는 않지만.'

그나마 다행인 점이라면 지구에서도 비슷한 시도가 몇 번이나 있었다는 것이다.

심연에서 사용할 수 있는 무기들, 각성자의 힘과 어우러져 더 강한 힘을 내는 것들을 개발하고자 천문학적인 돈을 들였고 어느 정도 소기의 성과를 이뤄냈다.

이 데이터를 바탕으로 시간을 대폭 줄인다.

문제는 그래도 좋은 결과가 나올지 확실하지 않다는 것.

'그래도 과거엔 시도조차 못 해봤던 일이다.'

과거 심연은 절대로 발을 들이면 안 되는 장소였다. 그 누구도, 어느 국가도 심연에 들어가려 하지 않았다.

심연의 기술과 지구의 기술을 동시에 활용한다?

감히 상상이나 했겠는가.

하지만 상황이 바뀌었다. 이제, 심연엔 내가 있다.

내가 있음으로써 심연의 더욱 많은 것들을 활용할 수 있게 됐다.

뿐만인가. 민식이와 연계한다면 지구의 재원도 나름대로 활용할 수 있을 터였다.

'해볼 만한 도전이야.'

심연은 무언가를 연구하고 개발하기에 정말 좋은 곳이었다. 실험할 장소도 많고, 대상도 많고, 사용할 수 있는 자원도 많으니까.

물론 이 실험으로 혁명적인 일이 일어나진 않을 거다. 기술들을 결합한다 해도 초월적인 존재들 앞에선 무용지물인 탓이다.

하지만 나름대로 '혁명적인 일'로 보이게끔 포장하여 그것을 내다 파는 게 나의 역할이었다.

'포장지가 좋을수록 좋은 물건이라고 착각하게 되지.'

그 심리를 건드린다.

마침 그러기 위한 장소도 준비가 되어 있다.

"로드시여, 출정 준비가 끝났습니다."

라이라. 그녀가 언제나처럼 내 옆에 섰다.

하지만 그녀는 은빛의 갑옷을 입고 있었다. 나는 펄럭이는 망토를 두르고, 전두에 서서 한 발자국 앞으로 걸어 나갔다.

탑의 바깥으로 나오자 무수히 많은 마족이 견갑과 무기를 착용하곤 나를 바라보는 중이었다.

'전쟁.'

사자왕 안달톤 브뤼시엘과 내가 벌인 합작, 그 전쟁이 곧 시작된다.

하지만 일단 시작되면 둘 다 쉽게 물러서진 못할 것이다.

아무리 사전에 이야기를 진행했다 하더라도 진짜 전쟁인 이상 승패는 나뉘게 되어 있었다.

그리고 이 전쟁의 승리는 그에게도, 나에게도 매우 중요한 의미를 갖는다.

'전쟁에서 이긴다면 그는 진정한 사자왕으로 인정을 받겠지.'

그리고 그것은 내가 이겨도 마찬가지다.

사천왕이 전쟁을 벌이는 건 사상 초유의 일이었고, 때문에 심연의 모든 괴물이 지켜보는 와중인 탓이다.

서로의 내부에 있는 적폐를 제거하고, 그 선에서 결과에 따라 승패를 나누며 끝내자고 합의를 했지만 과연 그 약속이 지켜질지는 미지수였다.

생각을 정리한 후 천천히 입을 열었다.

"출정하라."

부우우우우우웅-!

나팔이 울렸다.

전쟁의 서막이었다.

전쟁은 치열했다.

생각 이상으로 양 진영은 서로 밀리고, 밀고를 반복했다.

끊임없는 소모전이 이어졌으며 그 과정에서 매일 만 단위의 마족이 죽어 나갔다.

하지만 이후 우위를 점한 건 사자왕의 진영이었다.

"태양왕도 별거 아니로군."

"먼저 공격을 해오기에 뭐가 있는 줄 알았더니!"

처음이 어렵지 한번 뚫리자 성까지 단숨에 진격해 들어올 기세였다.

그나마 마지막 저지선을 사수하며 버텨 30일가량을 끌었지만, 우후죽순 밀고 들어오는 적들을 막기엔 모든 게 최악이었다.

병력도 적었고, 사기도 안 좋았다.

"태양왕은 코빼기도 보이지 않는구나!"

"겁먹고 도망친 거 아니야?"

가장 큰 문제는 태양왕의 부재였다. 첫날을 제외하면 태양왕이 전선에 직접 모습을 드러낸 적이 없었기 때문이다.

반대로 사자왕은 간혹 전선에 모습을 드러내며 전율적인 광경을 연출했다.

그가 등장하는 순간 모든 적군이 도륙을 당한다고 해도 과언이 아니다.

덕분에 사기는 극과 극을 달렸다.

최고와 최저. 굳이 보지 않아도 결과를 알 수 있을 정도이니.

하지만 모든 전투에서 승리를 했느냐고 하면 그것 역시 아니었다.

하루에도 수십 곳에서 소규모 접전이 벌어졌고, 그 대부분은 분명히 사자왕의 진영이 승리했지만 유독 한쪽씩 밀리는 결과가 나타나고 있었던 것이다.

-녹색의 말을 조심해라.

동시에 이상한 소문이 돌았다.

녹색의 말을 조심하라는 소문.

그것을 본 자는 무조건 죽게 된다는 이야기!

대부분은 뜬소문으로 여겼다. 생존자들의 증언이 이어졌지만 정신이 나가서 헛소리를 한다고 치부했다.

어쨌든 전쟁은 거의 승리의 막바지를 향해 달려가고 있었기 때문이다.

그리고 소문이 돈 지 얼마 지나지 않아 사자왕의 진영에서 가장 노쇄하고 노련하다는 파루아 군단장이 죽었다.

-녹색의 말이 파루아 군단장을 짓밟아 죽였다.

하지만 어디에서도 녹색의 말은 찾을 수가 없었다.

마치 유령처럼 말이다.

뜬소문인지, 사실인지 알아낼 방도가 없으니 사자왕의 진영은 큰 혼란에 빠질 수밖에 없었다.

"헛소문일 뿐이다! 태양왕의 조무래기들이 우리를 두려워한 나머지 만들어낸 거짓말! 사자의 무리들이여, 적을 태우고 죽이고 물어뜯어라!"

그러나 승리가 머지않았다고 생각한 다른 군단장들은 더더욱 병력들을 채찍질했다.

그중 가장 선두에 선 세티어 군단장이 가장 많은 열을 올리고 있었다.

'파루아 군단장. 그 늙은 여우가 죽었으니 이번 전쟁의 공훈은 내 것이다.'

공훈을 세우면 더욱 많은 토지와 노예를 받을 수 있다.

그리고 진영 내에서 입지를 굳히면 애송이 사자왕을 몰아내고 그가 왕의 자리에 앉을 수도 있을 것이었다.

'안달톤 브뤼시엘, 사자왕의 숨겨진 혈육이라고? 인정할 수 없다.'

피로 승계되는 왕의 자리라는 게 얼마나 모래성인가. 심연은 강자가 모든 걸 가지는 약육강식의 세계다. 하물며 안달톤 브뤼시엘이 데몬로드였다고 해도 정작 무언가를 보여준 적은 없다.

그래서 입지가 좁았다. 이번 전쟁, 태양왕을 끌어내리는 자가 차기 왕이 될 것이다.

'태양왕도, 사자왕도 모두 애송이일 뿐이야.'

사천왕 중 둘이 새로이 승계했다. 하지만 이제 막 즉위하여 모든 게 어정쩡하다.

사천왕은 서로 싸우지 않는 게 암묵적인 규칙이었으나 그 규칙을 깰 정도의 틈이 생겨 버린 셈이다.

모두가 사자왕의 목을, 태양왕의 목을 원했다. 먼저 가지는 자가 임자다.

파루아 군단장이 가장 신경 쓰였지만 '녹색 말' 따위에게 밟혀 죽었다. 그렇다면 그 다음으로 유력한 건 세티어 군단장, 바로 자신이었다.

"몰아붙여라! 저 겁쟁이들에게 사자의 힘을 보여주란 말이다!"

콰르르릉! 콰아앙!

세티어 군단장이 지휘하는 괴물부대는 모두 반마반수로 이루어져 있었다.

마족의 피 절반, 괴물의 피 절반이 몸에 흐르며 서로의 장점만을 흡수한 최강의 부대!

신체 개조까지 받으며 오로지 전투력만을 높였다. 사자왕의 진영 내에서도 수위에 드는 전투 집단이었다.

무기가 스칠 때마다 거대한 바위가 박살 나고 온갖 변칙적인 마법이 전장을 휘젓는다.

태양왕의 진영은 맥을 추리지 못하고 후퇴만 거듭할 수밖에 없었다.

'시시하군.'

그리고 실망이었다. 공훈을 세우는 건 좋지만, 이렇게 간단해서야.

태양왕과 그의 진영은 사천왕 중에서도 매우 특이한 성격을 가지고 있었다.

무언가를 강하게 믿는다는 것. 유일하게 '신'을 섬기고, 종교를 갖고 있다.

그 결집된 힘의 두려움을 알기 때문에 다른 사천왕들도 쉬이 건드리지 못한 것이다.

하나 지금, 그들은 결집하지 못하고 있었다.

'따로 노는군. 명령을 내리는 지휘자가 모두 죽어버리기라도 한 건가?'

이렇게나 손발이 안 맞아서야.

태양왕은 정말 도망친 것일지도 모르겠다.

아니라면 명령 체계가 이처럼 개판이 될 리가 없었다.

덕분에 각개격파당하며 속수무책으로 밀려 나가는 중이었다.

'음?'

세티어가 기다란 꼬챙이와 같은 창으로 적들을 학살하고 있을 때였다.

별다른 저항조차 못 하는 시시한 마족들을 상대로 염증을 느끼던 그 찰나에 지평선 너머에서 거대한 마력의 움직임을 감지했다.

크롸아아아아아앙!

놈은 괴성과 함께 나타났다.

일반 마족과는 비교과 안 되는 마력의 유동성.

멀리서도 보이는 거대한 동체. 심연과 대비되는 새하얀 신체.

무엇보다 신경이 쓰이는 건 그 속도다.

세티어의 눈에도 거의 보이지 않을 정도의 속도로 그것은 자신을 향해 달려오고 있었다.

"……용?"

희미한 잔상으로 확인하건대, 그것은 용이었다.

하지만 흰색의 용이라니. 용은 그 성질에 따라 색깔이 결정되지만, 하얀색의 용은 들어본 적도 없다.

착각인가?

콰르르르르르르릉!

착각이 아니었다.

어마어마한 속도로 지상에 낙하한 흰색의 용이 거대한 날개로 대지를 쓸어버리자, 그곳에 존재하던 모든 생명체의 크기가 절반으로 줄어들었다.

그리고 지상엔 어느새 '녹색 말' 열 마리가 자리를 잡고 이곳을 바라보고 있었다.

-녹색 말은 용의 포효와 함께 나타난다.

한 가지, 소문이 더 있었다.

그런가. 그랬던 건가.

소문의 진상을 자신의 눈으로 확인하게 될 줄이야.

파루아 군단장이 저 녀석들에게 죽임을 당한 거다.

"내가 저것들의 목을 취하면 다른 놈들의 입을 꾹 닫게 만들 수 있겠군."

하지만 흥미가 생겼다. 그들을 공포로 몰아넣었던 소문이 진실이면 어떤가. 정면으로 돌파해 자신이 최강임을 인증 받으면 되는 것이다.

쿠아아아앙!

녹색의 말은 거대한 화염을 토해냈다.

하지만 화염은 터지지 않았다. 일정 간격 안으로 들어온 화염의 주변에서 급격히 거대한 굉음이 일어나며 폭풍보다 거센 바람이 일고, 모든 것을 끌어당기기 시작한 것이다.

마력이 약한 마족들은 그 바람에 사로잡혀 화염의 중심부까지 끌려들어 갔다. 그러곤 뼈 하나, 살 한 점 남기지 못한 채 '증발'해 버렸다.

터지지도 않는다. 첫 번째 소리를 제외하면 정말 조용하게 모든 걸 태우고 완벽하게 지워 버렸다.

'저게 무슨 마법이지?'

세티어는 끌려가지 않았다. 그의 마력은 어지간한 데몬로드와도 견줄 수 있는 수준. 심연의 최강자라 할 수 있는 그가 고작 저런 태풍 따위에 휩쓸릴 리 없지 않은가.

하지만, 처음 보는 마법이다.

'복합 마법이군. 상당한 고위 마법이 내가 아는 비슷한 것만 다섯 개 이상…….'

알 수 있는 거라곤 그게 전부다.

저만한 출력, 저만한 마력의 저장을 어떻게 할 수 있는 건지 알 수가 없었다.

그러나 이내 세티어는 어깨를 으쓱했다.

'그래 봤자 조무래기들에게나 효과가 있겠군.'

조무래기들을 거둬내는 용도로는 훌륭하다. 하지만 일정 이상의 강자들에겐 소용이 없다.

피하면 그만이기 때문이다. 빨려 들어가는 힘이 그렇게 강한 편은 아니었고 발사 지점도 예측할 수 있어서 가볍게 피할 수 있었다.

입맛을 다셨다. 소문의 녹색 말이라기에 긴장을 했는데, 실체를 보니 소문이 많이 부풀려진 듯싶었다.

오히려 세티어 군단장의 눈길을 끄는 건 백색의 용이었다.

쿵!

거대한 동체. 세티어 자신도 작은 편은 아니지만, 목을 끝까지 올려야 겨우 용의 머리가 보인다. 고룡들도 저만한 크기로 자라진 못하는데.

"네가 소문의 실체로군. 이름이……."

좌악!

쿠우우우우웅!

용의 날개가 세티어의 허리를 강타했다. 급히 막았으나 세이터 군단장의 신체가 산등선 너머까지 날아갔다.

벽에 박혀 흙먼지를 거둬낸 다음에야 세티어 군단장의 표정이 굳었다.

'강하다.'

과연, 어지간한 고룡들보다 강했다.

하지만 약간 부족했다. 덩치나 마력에 비해서 결정타가 부족한 느낌이 있었다.

그리고 그 이유를 곧 알 수 있었다.

"네놈, 아직 덜 자랐군?"

세티어 군단장이기에 알 수 있는 사실이었다.

저 흰색의 용, 아직 덜 자랐다.

덜 자란 게 저 크기다. 이 힘이었다. 말도 안 되는 일이다.

보통 용은 성장을 끝마치면 마지막 탈피를 하고 그 급이 결정되게 마련이었다. 그런데 저 용은 아직 탈피조차 하지 않았다.

탈피조차 안 했는데 이만한 파괴력을 내는 용은 본 적이 없다.

이야기로만 전해지는 전설적인 용들이 그러할까.

'어디서 이런 놈이 나타난 거지?'

어이가 없었다. 만약 다 큰 상태였다면 거기에 탈피까지 했다면…… 현존하는 모든 용을 제어하는 '용제(龍帝)'의 탄생일지도 모르겠다. 그런 이야기도 간혹 전설처럼 내려오곤 있으니까.

크롸아아아앙!

백색의 용이 포효하며 다시금 세티어 군단장에게 달려들었다.

세티어 군단장은 고개를 저었다.

그러자 곧 그의 몸이 팽창하며 더욱 강인한 근육들을 가지게 되었다.

꽈아앙!

날개가 바닥을 쓸며 다시금 그를 노리자 세티어 군단장이 정면에서 날아드는 날개를 붙잡고 힘겨루기를 시작했다.

놀랍게도 용의 날개가 그의 손에 막혀 앞으로 나아가지 못하고 있었다.

"내 반은 마족이지만, 나 역시 용의 피를 갖고 있다. 그리고 그 피는 어느 용들과도 비교가 안 되는 전설적인 존재의 것이지."

꽈득!

크아아아아아!

모든 것을 잘라내는 용의 날개가 접혔다. 용이 비명을 내지르며 몸을 빼려고 했지만 세티어는 놔주지 않았다.

"십만 년 전 그 용은 갑자기 나타나 마왕을 잡아먹었다. 당시 심연에 군림하던 그 왕이 용에 의해 죽자 우리들은 쪼개지고 쪼개져 지금의 사천왕이 되었지. 그리고 내 몸에 흐르는 용의 피는 당시 마왕을 죽인 존재의 것이다."

세티어가 웃어 보였다.

아직 다 자라지 않은 용. 고작 성장기의 용을 상대로 전설적인 용의 피를 지닌 자신이 지는 건 말이 안 된다.

"발보르그. 공포로 얼룩진 그 용의 이름이다."

쿵!

어마어마한 악력이었다. 용의 발이 바닥에 파묻힐 정도로 거세게 압박하고 있는 것이다.

"네가 탈피했다면 발보르그와 같은 용이 됐을지도 모르겠지만, 아직 성장조차 끝나지 않은 너는 나를……!"

순간, 위협을 느낀 세티어 군단장이 용을 놓고 한 걸음 물러났다.

그의 뒤에 어느새 검은 얼룩으로 만들어진 '문'이 열려 있었으며 거기서 한 여마족이 검을 들고 그를 위협하는 중이었다.

"라이라 디아블로!"

세티어 군단장이 웃어 보였다.

어찌 모를 수가 있겠나. 태양왕이 애지중지하는 혈족. 적어도 이곳에서 라이라 디아블로의 이름을 모르는 마족은 없었다.

"오늘따라 운이 좋군. 녹색 말과 라이라 디아블로의 목을 동시에 취한다면…… 상상만 해도 달아오르는구나."

웃음이 끊이질 않았다. 이건 기회다. 도약할 수 있는 기회. 세티어가 양 주먹을 맞대며 바닥을 박찼다.

그리고 순식간에 라이라를 향해 도약한 세티어가 주먹을 휘둘렀다.

콰직!

"……뭐?"

뼈가 뒤틀렸다.

뭐지? 무슨 일이 일어난 거지?

푸아악!

곧, 내장이 터졌다. 자신의 신체 안에서 이변이 일어났다.

이어 기다란 빛으로 이루어진 창 하나가 세티어 군단장의 복부를 뚫고 나왔다.

"언제?"

"루의 창…… 조금 더 잘 다룰 수 있게 된 것 같군."

라이라가 새하얗게 웃었다. 그녀의 미소는 얼음 그 자체였다. 너무나도 차가워서 닿으면 모든 게 얼어버릴 것만 같았다.

그녀가 적에게 보내는 미소다.

비틀거리며 세티어 군단장이 자리에서 일어났다.

동시에 보았다. 그녀의 주변에 떠다니는 빛들을. 창의 형태를 하고 있었으나 저것들은 하나하나가 가공스러운 무기다. 모든 걸 찌르고 가르는 이적이었다.

"두 번은 통하지 않는다. 공간을 접어 꿰뚫는 무기라면 계속해서 움직이면 그만일 뿐!"

푸욱!

하지만, 피하지 못했다. 그 속도는 빛과도 같았다. 설마 공간을 접어 이동하는 게 아니라…….

'내가 보지 못할 정도로 빠르게 움직였을 뿐이라고?'

있을 수 없다. 라이라 디아블로. 전장의 암표범이라 불렸으나 결코 자신과 동급, 혹은 그 이상의 괴물은 아니었다.

그토록 강했다면 이미 소문이 났을 것이다.

무언가가 그녀를 순식간에 바꿨다. 강하게 만들었다. 그렇게 보는 게 타당했다.

하지만, 무엇이?

무엇이 라이라 디아블로를 이토록 강하게 만들었는가.

하물며 저 흰색의 용도 알려진 바가 없었다.

크르르릉.

아니나 다를까.

흰색의 용이 어느덧 그의 뒤를 점하고 있었다. 화가 잔뜩 난 모습으로.

도망치는 건 불가능하다.

주변을 둘러봤다.

녹색 말에 의해 거의 모든 아군이 죽었다.

구석에 몰린 쥐의 신세.

'태양왕은 도망가지 않았다.'

굳이 나갈 필요조차 없다고 느낀 것일까.

이만한 전력. 단순한 뜬소문이 아니었단 말인가!

오만하고 방자하다. 하지만, 하지만…….

세티어 군단장은 태어나서 처음으로, '거대한 벽'을 만난 기분이었다.

-파루아 군단장에 이어 세티어 군단장마저 죽었다.

-단 하나도 살아남지 못했다.

-녹색 말, 그리고 용의 포효가 닿은 곳은 생명체 하나 남지 못한다.

소문이 더욱 가속됐다. 퍼지고 퍼져서 억제하지 못할 정도가 되었다.

그리고 진상을 알 수 없는, 미지의 존재에 대한 소문은 '공포' 그 자체였다.

조금씩 정신을 파고들며 좀먹는 공포!

병력들이, 군단장들이 계속해서 죽어가자 우위를 점한 줄 알았던 전장도 어느덧 다시금 반대로 기울기 시작하고 있었다.

"후퇴한다."

결국, 안달톤 브뤼시엘은 결정을 내렸다. 후퇴하기로. 이대로 더 소모전을 이어가 봤자 득 될 게 없다고 판단한 것이다.

이후 녹색 말에 대한 소문은 심연 전체에 뿌리내렸다.

누군가가 작정하고 의도대로 소문을 흩뿌린 게 아닐까 싶은 수준의 전파 속도였다.

그리고…… 어느 순간, '절대상회'의 이름을 달고 녹색 말이 판매되기 시작했다.

사자왕이 휘어잡은 전장을 단숨에 역전시킨 최강의 무기로써 말이다.

-녹색 말을 가진 자가 전장에서 승리한다.

-이보다 좋은 대량학살 무기는 없다.

모든 명망 있는 마족이 달려들어 녹색 말을 해부하고자 했지만, 기술의 종류 자체가 달라 어쩌지도 못한 채 포기하기 일쑤였다.

결국 절대지배 상회만이 녹색 말을 만들고, 팔 수 있다는 게 증명되면서 조금씩 그 무기는 여러 전장에 투입되기 시작했다.

그리고 녹색 말이 투입된 전장은 연이은 승전보를 울리게 되며 '그들'의 귀에도 들어가게 되었다.

데몬로드.

진정한 악마 왕의 자리를 노리는 그들에게.

전장. 언제나 피 냄새가 나는 그곳은 라이라에게 있어서 오히려 그리운 느낌마저 주는 장소였다.

안락하고, 편안했으며, 이곳에서만큼은 아무런 생각도 안 해도 됐으니까.

'강해진…… 걸까?'

라이라는 양손을 내려다보았다.

녹색 말. '전차'라는 것을 마법과 결합하여 개조한 그 물건은 공격보다 수성에 어울리는 물건이었다.

그것의 판매를 위해 그녀는 직접 전장을 누비며 성능을 알리는 중이었고.

소문을 약간의 바람잡이, 일발 역전을 위한 무기, 승승장구를 올리는 그 무기에 대한 수많은 문의가 들어왔고 판매량 또한 늘어나고 있었다.

순조롭다. 마치 각본이라도 짜인 듯.

하지만 언제나 그러했다. 우리엘 디아블로, 오한성.

그가 개입한 일은 항상 놀라운 결과가 나타났으니까.

그보다…… 그녀는 자신의 변화에 주목하고 있었다.

'내 아이.'

본래라면 전장과 피 냄새는 그녀에게 안락한 느낌을 주어야 했다. 하지만 오늘따라 왜인지 역하다. 구역질이 났다. 전신이 거부반응을 일으켰다.

그녀가 천천히 자신의 배를 쓰다듬었다.

달라진 게 있노라면, 이 안에 있는 것.

처음 접하는 생명의 씨앗. 묘한 이질감…….

처음 접했을 땐 당황했다. 자신이 이러한 일을 겪으리라곤 정말로 상상조차 못 했다.

그리고 그 아이가 자신에게까지 거대한 영향을 미치리라곤 더더욱.

'몸이 가벼워.'

'바람이 상쾌해.'

'날이 좋아.'

'달콤한 게 먹고 싶어.'

극명한, 믿기지 않을 정도의 변화였다.

그녀의 어깨는 언제나 무거웠다. 한 번도 쉬이 쉬어본 적이 없다.

날이 좋다거나, 바람이 상쾌하다거나, 입에만 들어가면 다 되는 음식 중에서 달콤한 걸 먹고 싶다고 생각하게 되는 날은 전혀, 단 한 번도 없었다.

그동안 놓쳤던 것들이 보이고 더욱 깊이 느끼게 되자 세상을 바라보는 시선이 바뀌었다.

모두 이 작은 씨앗에 의해서다.

단순한 내적 변화만이 아니다.

힘도 강해졌다. 마력이 증가했다. 하루가 다르게 날렵해지며 강인해지고 있었다.

이 씨앗은 자신에게 이로운 것만을 주고 있었다.

'그는 무엇을 하고 있을까.'

그냥. 바람결에 흩날리는 나뭇잎처럼 자연스럽게 지나가는 생각.

오늘은 언제 일어났을까. 밥은 무엇을 먹었을까. 먹긴 했을까? 차려주는 사람이 없으니 배를 곯고 있는 건 아닐까. 안 그랬으면 좋겠는데. 지금이라도 달려가서 챙겨줘야 하는 건 아닐까?

향신료 없이는 고기를 안 먹는 의외로 어린애 같은 입맛을 가지고 있는 사람. 들판에 핀 꽃은 안 밟고 지나가는 섬세함을 지닌 사람. 주변이 시끄러우면 잠을 못 자는 예민한 사람. 그러는 주제에 이는 잘만 가는 사람.

가끔씩 상념에 빠질 때면 더없이 슬퍼 보이는 사람. 언제나 울적함을 달고 다니는 사람. 누군가 다가오길 거부하지만 외로움은 잘 타는 사람.

포기하지 않는 사람. 언제나 앞만 보고 달리는 사람.

거짓말을 하는데 서툰 사람. 자신을 바라볼 때면 항상 슬픈 눈을 짓던 사람.

무게 잡길 좋아하는 그 사람, 사람, 사람…….

"구르망디."

"허억, 허억, 아이고 삐마디야."

"구르망디."

"나는 전투형 리치가 아니라고! 녹색 말을 파는데 왜 내가, 허어억!"

"구르망디."

"뭐, 뭐요? 날 불렀습니까?"

거대 리자드맨 군락과 독소 거미 떼의 영역싸움. 리자드맨의 무리가 녹색 말을 구매하길 원했고, 겸사겸사 그 전쟁을 라이라와 구르망디가 돕고 있었다.

녹색 말이 참가한 전쟁은 무조건 승리해야 한다.

한창 투정을 부리며 마지막 거미의 머리를 쪼갠 구르망디가 갑자기 다가온 라이라에게 깜짝 놀라며 물었다.

라이라는 아무렇지도 않게 말했다.

"인간들은 뭘 좋아해요?"

"이, 인간들 말입니까?"

"같이 연구한다고 들었어요."

"그야…… 그런데 놈들이 좋아하는 걸 알아서 뭐하시려고요?"

"그냥."

"그냥?"

"알면 안 되나요?"

"안 될 건 없습니다만……."

구르망디가 고개를 갸웃했다.

라이라가 인간에게 관심을 가진다?

그녀는 우리엘 디아블로의 뒤를 잇는 명실상부 2인자다.

알려지길, 그녀의 성정은 세상의 모든 한설보다 차갑고 냉철하다고 한다. 그녀가 웃는 건 오로지 우리엘 디아블로의 앞에서일 뿐.

그런데…… 뭘까.

'부드럽군.'

분위기가 달라졌다.

더 부드럽고, 아름답다. 리치인 그조차 그렇게 느끼고 있었다.

"커흠…… 인간들이 좋아하는 거라고 하셨습니까? 놈들은 뭐든 좋아합니다. 아! 커피. 커피라는 걸 가장 많이 마시곤 했습니다."

"커피…… 요?"

"예, 리치라서 무슨 맛인지 알 수는 없습니다만, 인간들이 가장 많이 마시는 기호품이라고 합니다. 제 조수에게 먹여보니 구린 맛이 난다고 하더군요."

"어떻게 만들죠?"

"직접 커피콩을 갈아서 마시곤 합니다. 재배해 보려고도 했습니다만, 심연의 토지에선 자라질 못하더군요."

역시 구르망디. 뭐든 해보려고 하는 정신은 높이 살 만했다.

라이라는 고개를 끄덕였다.

일단 커피를 만들어 보기로.

인간 과학자들.

그들은 거대한 사명을 안고 이곳 심연에 들어왔다.

-심연을 파악하고, 우리엘 디아블로에 대해 알아봐라.

-심연의 기술을 훔쳐라! 인류의 생존이 걸린 중대한 일이다.

처음은 김민식이 주도했다. 하지만 이만한 일을 그 혼자 모두 진행할 순 없는 노릇. 하지만 확실한 건, 그들 모두가 '인류의 존망'을 걸고 이곳에 왔다는 것이다.

심연. 그것도 데몬로드의 옆이다. 심연 최강자 중 하나인 그의 옆에 있으면서 인류에 이득이 될 만한 기술을 어떻게든 익혀야 한다.

구르망디는 좋은 스승이었다. 그는 받는 만큼 되돌려 줬다. 자신의 지식을 푸는데 그다지 거리낌이 없었다.

"커, 커피콩 말씀입니까?"

"그래, 커피콩이란 게 이곳에 있다고 들었는데."

툭!

째엥!

컵을 떨어뜨리며 마시던 커피를 쏟았다.

몸이 덜덜 떨렸다.

찬바람이 쌩쌩 부는 얼굴로 찾아온 마족.

라이라 디아블로.

어찌 모를 수가 있을까.

그녀가 우리엘 디아블로와 인연이 있음을 모두가 안다. 그녀의 전투도 구르망디의 구슬을 통해 본 적이 있는데 인류 누구도 도달하지 못한 경지에 있는 강자였다.

"커, 커, 커피콩, 마, 말이죠."

"그래, 여기 있나?"

"이, 이이, 있습니다."

"커피라는 음식을 만들려고 하는데. 어떻게 해야 되지?"

"제, 제가 타, 타드리겠습니다."

"내가 해야 돼."

"……."

꿀꺽!

미쳐 버릴 것만 같았다.

인간 연구원은 모두 33명이었다.

이곳 연구실을 아는 존재는 극소수였고, 그래서 직접 이만한 존재와 마주한 건 처음이었다.

'미치겠다…….'

조금이라도 잘못하면 모두 죽는다.

죽는다뿐인가?

리치에게 되살려져 영원한 노예가 될 것이다.

그들 모두 각성자였지만 전투력은 형편없었다.

보디가드도 데려오지 못했다. 데려오는 의미가 없으니.

"어떻게 만드는 거지?"

"그, 그게……."

"너는 더듬이인가?"

"아, 아닙니다."

"근데 왜 말을 더듬지?"

심기를 거슬린 걸까?

연구원은 '왜 하필 나야' 하는 내심을 숨기며 숨을 참았다.

"가, 가르쳐 드리겠습니다."

피곤했다. 피로를 몰랐는데, 요즘은 부쩍 쉴 시간이 없었다.

경매가 멀지 않았다. 그리고 '녹색 말'의 판매는 생각 이상으로 좋은 편이었다.

초기 투자비용이 만만치 않았으나 벌써 모두를 회수했으니 말이다.

'이걸로는 부족해.'

경매가 다가오고 있었다.

데몬로드들의 주머니를 털기엔 아직 부족했다.

조금만 더. 시간이 조금만 더 있으면 좋겠건만.

"로드시여."

"라이라."

고개를 돌렸다.

라이라. 그녀가 작은 머그컵 하나를 들고서 내게 다가왔다.

"마시십시오."

"이건?"

"커피라고 하더군요."

커피?

인간의 기호식품을 그녀가 왜 가져온 걸까?

주니 일단은 받았다.

그러자 그녀의 눈이 내게 고정되었다.

흠…….

'영문을 모르겠군.'

마시라는 무언의 압박임에는 알겠다.

고개를 끄덕이고 마셨다.

'달군.'

달았다.

설탕을 너무 많이 넣은 거다.

"입맛에는 괜찮으십니까?"

"음, 딱 좋군."

그러자 라이라가 씽긋 웃었다.

설마?

"직접 타준 건가?"

"아닙니다."

"그래?"

약간 아쉬워 입맛을 다셨다.

하기야. 그녀가 직접 인간의 기호식품을 만들어 내게 가져오기엔 괴리감이 있다. 그래도 나를 생각해서 커피를 타온 건 정말 장족의 발전이었다.

"고맙다."

"한 잔 더 갖다 드릴까요?"

"아니, 덕분에 정신이 드는군."

피식 웃으며 여유를 가졌다.

시간은 없지만, 결국 그 시간마저 나의 편이었다.

조급해하지 말자.

경매는 곧.

그리고 나의 승리도 곧이었다.

"내 얼굴에 뭐가 묻었나?"

"아뇨."

"그럼 왜 그렇게 뚫어져라 쳐다보지?"

"그냥……."

"그냥?"

"날씨가 좋네요."

창문 밖을 쳐다봤다.

매일 폭풍이 불고, 비가 오고, 망령이 나뒹구는 것만 같은 그런 날씨에 비하면 좋은 편이긴 했다.

'날씨가 좋군.'

그래도 뭐.

라이라가 좋다면 좋은 거지.

이그닐과 이타콰가 모였다. 둘은 가만히 서로를 노려보고 있었다.

"내가 누나야."

크르릉.

이타콰가 고개를 저었다.

"이그닐이 누나야."

크르릉.

이타콰가 고개를 저었다.

"이그닐이 누난데……."

크르릉!

이타콰는 인정하지 않았다.

둘은 서열 정리를 하고 있었다. 같은 혈연이지만 누가 먼저 태어났느냐를 두고 미세한 갈등이 생긴 것이다.

같은 알에서 태어난 쌍둥이.

사실 별 의미가 없긴 했지만, 이 미묘함이 정말 중요한 문제였다.

결국 둘은 물어볼 사람을 찾았다.

"아빠! 이그닐이 먼저 태어났어요, 이타콰가 먼저 태어났어요?"

"둘이 똑같이 태어났다."

"아닌데. 이그닐이 먼저 태어났는데."

크르릉!

둘의 표정을 보고, 오한성은 잠시 턱을 긁적였다.

"나중에 답해주면 안 되겠니?"

"지금! 지금 답해주세요."

크르르릉!

이런 게 중요한 건가?

오한성은 잠시 미간을 주무르다가 마지못해 답했다.

"우열을 가리기 힘들군."

그래도 거짓말은 못 하는 성격이었다.

"라이라에게 물어봐라."

이그닐과 이타콰가 고개를 끄덕이며, 라이라를 찾아 나섰다.

라이라는 열심히 땅을 고르는 중이었다.

무언가를 심고, 고심하며 기다리고 있었다.

"엄마, 뭐 해요?"

"커피콩을 심고 있었단다."

"그게 뭐예요?"

"쓰고, 맛없지만, 달콤한 거."

라이라가 씽긋 웃었다. 그녀는 다른 이들은 몰라도 이그닐과 이타콰는 진짜 가족과도 같이 대했다.

"그런데요. 엄마. 이그닐이 누나 맞죠?"

"왜? 둘이 누가 먼저인지로 싸우고 있었니?"

"싸운 건 아닌데요……."

라이라는 잠시 고민했다.

"둘이 똑같이 태어났단다."

"이그닐이 누난데."

크르르릉!

이타콰가 거대한 동체를 쿵쾅거렸다.

라이라는 작게 웃으며 이그닐의 손을 자신의 배에 가져다 대었다.

"굳이 둘이 그럴 필요는 없단다. 이그닐도 곧 누나가 될 테니까. 남자아이일지, 여자아이일지 아직은 모르겠지만……."

"이그닐이 누나가 돼요? 얼마나 있다가요?"

그새 말하는 게 능숙해진 이그닐이었다.

귀여워 죽겠다는 듯 이그닐을 바라보며 라이라가 답했다.

"저 달이 앞으로 한 번 더 겹치면. 그러니까 둘이 싸울 필요 없어요."

"이그닐이 누나!"

"착한 누나가 돼야지."

"응, 이그닐 착한 누나가 될래요."

크릉.

이타콰도 고개를 끄덕였다.

그 둘을 바라보는 라이라의 미소가 더욱 짙어졌다.

두 용은 정말 착하게 자랐다. 이것도 그의 영향일까? 그가 미처 발현하지 못하는 부분을, 이 아이들이 발현하는 것만 같았다.

"그런데 착한 누나가 되려면 뭘 해야 돼요?"

"우선……."

꽈아아아아앙!

순간.

거대한 폭음과 함께 성문이 박살 났다.

라이라가 표정을 굳혔다.

고개를 돌리자 거구의 마족 하나가 무표정한 얼굴로 주변을 둘러보고 있었다.

"우리엘 디아블로. 우리엘 디아블로는 어디 있느냐?"

"……암연의 가팔로."

순식간에 수많은 마족이 그를 둘러쌌다.

홀로 온 그는 전혀 개의치 않아 하는 표정이었다.

그럴 수밖에.

그는 데몬로드.

그것도 둠의 왼팔이라 불리는 존재였으니.

'암연의 가팔로가 왜?'

여태껏 둠이 심어놓은 세작을 정리하는 데 온 힘을 쏟았다. 실제로 두 군단장을 포함하여 사자왕과의 전쟁으로 모두 솎아 낼 수 있었다.

하지만 암연의 가팔로가 찾아오리라곤 생각지 못했다.

파괴왕이라 불리는 그는 둠의 왼팔임과 동시에 전율스러운 학살자이기 때문이다.

하지만, 혼자서 찾아오는 건 자살행위다.

이곳은 태양왕의 성. 아무리 데몬로드라 할지라도 쪽수 앞에 장사 없는 법. 하물며 이곳엔 라이라도, 우리엘 디아블로도 있었다.

"나는 우리엘 디아블로에게 용무가 있다. 당장 그를 불러와라!"

쿠릉!

상반신은 거대한 황소의 모습을 한 그가 거대한 할버드를 휘두르자 거센 풍압과 함께 주변의 모든 마족이 밀려났다.

그러나 위협에서 그쳤다.

암연의 가팔로. 학살의 사신이란 이명에는 맞지 않는 행위.

그래도 이곳이 적진이라는 자각은 있는 걸까?

"행패를 멈춰라. 죽고 싶지 않다면."

"라이라, 라이라 디아블로. 너를 보려고 이 먼 곳까지 온 게 아니다. 우리엘 디아블로는 어디 있느냐?"

"용무가 있다면 내게 말해라. 하지만 별게 없는 용무라면 너는 이곳에서 살아 돌아가지 못한다. 그쯤은 알고 있겠지?"

둠은 적이다. 그것도 가장 까다로운 적이었다. 그의 왼팔을 끊어낼 수만 있다면 어느 정도의 출혈은 감수할 수 있었다.

거기다가 스스로 적진으로 들어왔으니 이 기회를 놓치면 바보다.

하지만 암연의 가팔로는 묘하게 긴장 서린 표정을 짓고 있었다.

"어린년이……."

가팔로의 입장에서 라이라 디아블로는 풋내기, 그 이상이 아니다. 기껏해야 작고 좁은 전장에서 이름을 날린 정도로 암연의 가팔로와 견줄 수는 없다.

가팔로가 이를 깨물다가 천천히 할버드를 내려놓았다.

이후 천천히 입을 열었다.

"그렇다면 네가 우리엘 디아블로에게 전해라. 둠을 죽이고 싶으면 나와 손을 잡아야 한다고. 시간이 없다고 말이다."

나는 계속해서 고민하고 있었다.

암연의 가팔로가 나를 찾아왔다고? 둠의 왼팔이? 스스로? 그것도 둠을 죽이려는 계획을 가지고?

'수상쩍어.'

솔직히 말해서 믿음이 안 간다. 무슨 꿍꿍이가 있다고 밖엔 생각되지 않았다.

둠이 아니라 역으로 나를 자빠뜨릴 계획이 아닐는지.

둠은 모략가고 전략가다. 항상 나보다 한 수, 두 수는 앞서 있었다.

암연의 가팔로를 보낸 것도 둠의 계획이지 않을까?

'둠은 나를 알고 있다.'

암연의 가팔로를 혼자 보낸 건 올바른 선택이었다. 여럿이 왔다면 당장에 모두 죽였을 것이다.

하지만, 혼자서 왔기에 계속해서 의문이 생긴다.

'우선 이야기를 들어보자. 듣고 판단해도 늦지 않아.'

어쨌거나, 둠의 계획이라면 그에게도 큰 도박수임은 분명했다. 암연의 가팔로는 그에게 있어서도 상당히 중요한 패일 것이기에.

고개를 끄덕이자 라이라가 가팔로를 내 방에 들였다.

"나를 보자고 했다던데?"

"그렇다. 그전에…… 계집은 내보내지?"

계집. 라이라를 말하는 건가?

라이라의 표정이 북풍한설처럼 차갑게 굳었다.

"라이라."

"로드시여, 놈의 속을 알 수 없습니다. 혹여나 문제라도 생긴다면."

가팔로는 강자다. 내가 전력을 다해도 이길지 장담할 수가 없다.

그것을 라이라도 본능적으로 알고 있는 듯싶었다. 그녀가 합세해야만 무슨 일이 생겼을 때 즉각적인 대처가 가능하다고 판단한 것이다.

"그는 나를 죽일 수 없다."

넌지시 이르자 라이라가 나와 가팔로를 번갈아 쳐다보더니 무겁게 고개를 끄덕였다.

아무리 가팔로가 강하다고 해도 나를 즉살시킬 순 없다. 소란이 나면 성의 모든 병력이 가팔로의 목을 치고자 달려들 것이다.

'위험한 물건도 없군.'

정말로 무기 하나만 달랑 들고 왔다.

무슨 생각인 걸까?

신종 자살 방법이라도 되는 걸까.

라이라가 물러나고 나서야 가팔로의 눈이 내게 닿았다.

"둠을 죽여야 한다."

"둠의 왼팔인 네가 할 소린 아닌 것 같은데."

"둠은 둠이 아니다. 둠의 가죽을 뒤집어쓴 무언가다."

오호라.

그걸 알아챈 건가?

"그래서 반란을 일으키겠다는 소리인가?"

"나는 그가 그리는 계획을 알아버렸다. 그는 위대한 별을 소멸시킬 것이다."

뭐라고?

"위대한 별을 소멸시킨다?"

이건 무슨 뚱딴지같은 소리인지.

처음에는 위대한 별을 부수는 게 내 목표이긴 했지만 위그드라실의 괴물과 싸우기 위해 그게 필요해졌다.

소멸은 내가 원하는 바가 아니다.

하지만 놈이 위대한 별을 소멸시키려는 이유는 궁금했다.

"위대한 별이 소멸하게 되거든 모든 게 무(無)로 돌아간다. 공허가 넘쳐흘러 세상을 먹어치우고 그 후엔 아무것도 남지 않게 될 것이다."

"그걸 둠이 바란다는 말이냐?"

"둠은 그 공허를 스스로 뒤집어쓸 계획을 세우고 있다. 유일신이 되겠다는 것이다."

이건 또 새로운 견해였다.

위대한 별을 갖는 게 아니라 그걸 부숴서 뒤집어쓴다?

역발상이라면 역발상이지만, 그게 가능한가?

가능하다고 해도 너무 위험하다.

'거짓말치곤 신빙성이 있군.'

위대한 별의 이야기와 공허와 관련된 것은 극소수만 알고 있다. 그것을 알고, 내게 말한다는 건 내게 그 해답이 있다고 판단했기 때문일 터.

"그래서 놈을 죽이겠다는 거냐?"

"우리가 그를 따르는 건 위대한 별의 습득 이후. 세계의 재편성이 이뤄졌을 때의 영광을 위해서다. 하지만 세계 그 자체를, 우리를 없애겠다면 그를 따를 필요가 없지."

지극히 계산적이다.

하지만 맞는 말이었다. 그래서 파벌을 형성하고 우두머리를 만든 것이니까.

"그런데 왜 나를 찾아왔지? 사천왕과 데몬로드는 불가침 조약을 맺었다. 잊은 건가?"

"하, 그딴 조약, 누구도 믿지 않는다. 우리는 모두 너를 주시하고 있었다. 둠이 심어둔 세작마저 모두 제거한 모양이지만……."

모두 제거가 된 게 맞는 것 같다.

군단장 둘. 기타 협력한 마족들까지 합치면 거의 백에 달했다.

'징그러운 놈.'

둠. 얼마나 집착 강한 녀석인가. 집착이 강한 상대를 적으로 두면 이렇게 피곤하다.

"내가 세작을 다 제거해서 나를 찾아온 거냐?"

"아니, 네가 가장 많은 포인트를 가지고 있다고 판단해서다."

즉답이었다.

확실히 내가 모은 포인트는 살벌할 수준이었다. 태양왕이 되며 이룬 업적과 녹색 말을 판매하며 거둬들인 수익. 이제 곧 열릴 경매에서 나를 따라올 데몬로드는 거의 없을 것이었다.

"경매와 관련된 이야기인가 보군. 좋다. 해봐라."

한 귀로 듣고 한 귀로 흘릴 준비를 했다.

다 믿으면 바보다. 나는 아직 놈을 의심하고 있었다. 놈의 혀에 둠의 독이 섞여 있을지 모르니까.

"이번 경매를 통해, 둠은 '위대한 별'을 탈취할 계획을 세우고 있다."

"……."

위대한 별을 관리하는 건 암흑상회다.

암흑상회의 힘은 도저히 추측이 불가능할 정도다.

하지만 그들이 심연에서 일어나는 일들의 중재 중 대부분을 맡는 걸 보면 대부분을 아우를 정도의 힘을 지니고 있다고 보는 편이 맞다.

"위대한 별을 탈취해 억지로 그 안을 채우고 마지막 전장으로 도약하겠다는 생각을 갖고 있다."

"지구."

"그래. 데몬로드의 숫자가 스물 안팎으로 남으면 지구와 이어진 '문'이 본격적으로 넓어지며 지구로 전이된다고 하더군."

"그런 것까지 알기는 쉽지 않을 텐데. 어떻게 알게 된 거지?"

"둠이 갖고 있지 않던 걸 그는 갖고 있었으니까."

가팔로의 표정이 잔뜩 굳었다. 마치 못 볼 걸 보기라도 한 듯이.

"지식의 샘. 미미르의 샘물. 본래라면 사자왕이 갖고 있어야 하는 것이지."

일전, 둠이 말했다.

사천왕은 '위대한 별'이 심연에 안착하는 것을 대가로 위그드라실의 지혜를 손에 넣었다고.

사자왕. 안달톤 브뤼시엘이 아닌, 그 전의 사자왕은 미미르의 샘물을 얻었다. 본래라면 지금도 사자왕의 보고에 잠들어 있어야 할 것이지만 둠이 갖고 있다는 이야기다.

'태양왕은 무엇을 얻었지?'

그러고 보니 태양왕의 보고도 열심히 뒤져 봤지만 특별한 물건은 하나도 없었다. 미미르의 샘물에 버금가는 보구는 단 하나도 보이지 않았다.

"손만 넣었을 뿐인데도 어마어마한 지식이 내게 흘러들었다. 둠, 아니, 둠의 탈을 뒤집어쓴 무언가의 소망이 이뤄지면 모든 게 끝장이다."

가팔로가 손을 잘게 떨었다. 그때의 공포를 되새긴 모양.

나는 고민하지 않을 수 없었다.

'진실인가, 거짓인가.'

진실에 가깝다고 판단되지만 작은 거짓말 하나가 목숨을 잃게 만드는 법. 신중에 신중을 기해야 한다.

"둠이 경매장에서 '위대한 별'을 탈취할 작정이라면, 암흑상회에 먼저 말하면 됐을 텐데?"

"암흑인들은 약해졌다. 무언가가 그들을 약하게 만들었다. 그래서 더욱 경매에 매달릴 것이다. 그들에게 포인트는 자신이 '속죄'할 수 있는 유일한 길이니까."

"속죄?"

"그들은…… 나도 거기까진 모른다. 하여간 암흑인에겐 포인트가 필요하다. 오히려 둠의 계획을 알아차린 암흑인 중에서 동조하는 놈들이 나올지도 모른다."

"그래서 나라는 말이로군. 하지만 둠의 계획과 내가 다량의 포인트를 갖고 있는 게 무슨 상관이지?"

"'위대한 별'의 탈취를 위한 물건들이 이번 경매에 나온다."

그런 것을 경매에 내놓는다니. 이해가 가지 않았다.

"위대한 별이 탈취되도록 암흑인들이 그런 물건을 내놓는단 말이냐?"

"아니, 정확히 말하자면 그만큼 강력한 물건들이 나온다는 말이다. 그들이 꼭꼭 숨겨두고 있던 보루들, 특정한 환경에서 엄청난 힘을 발휘하는 이기들. 둠이 노리는 건 그것들이다."

"내가 그것을 막아라?"

"그렇다."

가팔로의 얼굴은 사뭇 진지했다.

나는 미간을 구겼다. 이만한 이야기. 솔직히 듣지 않았다면 둠의 계획조차 나는 몰랐을 것이다.

하, 설마 '위대한 별'의 탈취를 노리고 있다니.

간이 큰 건지 자신이 있는 건지.

'어찌한다…….'

이제 선택은 나의 몫이었다.

내겐 선택지가 많았다.

당장 가팔로를 죽이고, 둠의 약화를 꾀해 볼 수도 있었다. 아니면 가팔로를 그대로 고이 보내 혼란을 만들 수도 있다.

둠을 막거나, 암흑인들과 어떻게든 커넥션을 취해볼 수도 있을 것이다.

"'녹색 말'의 판매를 내가 촉진시켜 주마."

내가 선불리 결정을 못 내리자, 암연의 가팔로가 한마디 더 했다.

"네가?"

"나는 다시 둠에게로 돌아갈 것이다. 엄청난 의혹을 받게 되겠지만, 믿음의 증거로 '녹색 말'을 둠 진영의 데몬로드들이 구매하도록 유도하지."

과연.

그렇다면 손해는 아니다.

믿어도 그만, 믿지 않아도 그만이었다.

'독이 든 성수인가, 온전한 성수인가.'

조금이라도 헛디디면 나 역시 나락으로 떨어진다.

나는 고심하며 가팔로의 눈을 쳐다봤다.

순식간에 시간이 흘러갔다. 상단을 키우고, 성을 안정화시키고, 내 힘을 늘리는 동안 어느덧 경매 당일이 된 것이다.

나는 채비를 꾸리고 라이라와 함께 암흑상회로 발을 옮겼다.

하지만 우리 둘만 가선 위험부담이 있다.

둠이 무슨 일을 일으킬지 몰랐기에, 만에 하나를 대비해 정예로 이루어진 군단 하나를 대동했다. 거기엔 야차와 나찰들도 포함되어 있었다.

'암흑상회.'

몇 번 게이트를 타자 공간이 접히며 암흑상회까지 도달했다.

입구에 도착하자 전신이 새까맣고 모자를 쓰고 있는 암흑인이 나를 반겼다.

"오! 우리엘 디아블로 님, 만나서 반갑습니다. 오늘 경매에 참여하시려고 오신 겁니까?"

"그렇다."

"역시 우리엘 님께선 경매의 참맛을 아시는 분이지요. 환영합니다."

즐거워 죽겠다는 듯 암흑인이 나를 안내했다.

주변의 암흑인들 모두가 이런 분위기였다.

축제. 그러나 묘한 긴장감도 흘렀다.

'……긴장을 늦추지 마라.'

스스로에게 다짐을 건넸다.

경매가 다른 때와는 분명히 다르다.

이곳에서, 이 마지막 경매에서 어느 정도 판가름이 날 것이다.

둠이 노리는 바가 성공할지, 아니면 또 다른 변수가 등장할지.

내가 모든 의도를 이기고 성공할 수 있을지.

주먹을 꽉 쥐며 경매장으로 입성했다.

57장
대립자

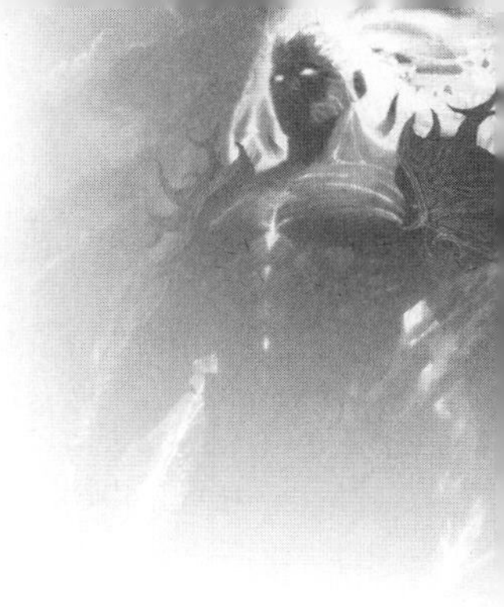

긴장했다. 머리에 피가 핑하고 돌고, 시선이 선명해지며 내장이 뒤틀리는 소리가 귓가에까지 들리는 듯했다.

하지만 이러한 압박감은 처음 내가 이곳을 찾았을 때와는 분명히 다른 종류의 것이었다.

'당시의 나는 약했지.'

약했다. 뭘 몰랐고, 그저 경악과 전율밖에 할 수 없었다. 내가 모르는 세계를 접하며 무지에 대해 실감하게 됐다.

동시에 무력했다. 괴물의 정점에 선 놈들이 지구를 침략했을 때, 막지 못하리라 생각했다.

겉으로는 강한 척 내색하지 않았다지만 수십의 데몬로드와 마주하며 나 자신의 작음을 깨달은 것이다.

하지만…… 지금은 다르다.

처음, 그들이 나를 향해 보였던 관심은 그저 '100년 만에 깨어난 데몬로드', '언제든지 처리하려면 처리할 수 있는 수준의 찌꺼기' 수준이었다.

나를 견제하거나 경계하는 이들은 매우 극소수였으며 사대 파벌이라 불리는 곳의 수장들은 아예 눈길 한 번 주지 않았다.

나는 약했다.

하지만 지금은 약하지 않다.

그 단적인 예로, 보라.

'나는 그들과 나란히 어깨를 견주게 됐다.'

내가 문을 열고 들어오는 순간, 내 마력이 주변에 물씬 풍기며 사방으로 뻗어 나간 그 순간, 그들은 기다렸다는 듯 나를 바라보며 이를 갈았다.

증오의 눈빛을 보내고, 적대감을 표출하며, 이빨을 드러냈다.

그것은 바로 내가 그들의 '적수'로 평가받게 되었다는 의미다.

내가 강해졌다는 것이며, 더 이상 약자가 아니라는 말이었다.

그러니 지금 내가 느끼는 긴장감은…… 기대다.

나는 기대하고 있었다.

과거와 달라진 나. 모든 적의 주목을 받게 된 나.

그런 나를 어떤 식으로 견제할지, 그리고 내가 어떤 식으로 격파할지.

'긴장을 늦추지 마라.'

그러나 몇 번이고 되뇐다.

긴장을 늦추는 순간 나는 먹잇감으로 전락할 것이다.

내가 가진 모든 것은 완전하지 않으며, 나는 그들 모두를 상대할 수 있을 정도로 강해지지 않았다.

그러니 자만하지 말자. 경계하고, 견제하고, 그들보다 더욱 넓게 보는 거다.

결코 숙이지 마라.

눈을 돌리지 마라.

허리는 곧게 세우고, 턱은 바람을 가르며, 손은 언제든지 적의 척추를 뽑아낼 준비를 해야 한다.

"우리엘. 우리엘 디아블로."

둠. 이전 사자왕. 위대한 별을 약탈할 준비를 하고 있으며, 지구의 침략을 지배하는, 결코 양보하지 못할 적수.

그가 나를 보며 웃었다. 내 이름을 입에 담고 처음으로 나를 정면에서 '인식'한 셈이다.

이곳, 경매장의 주도권은 그가 쥐고 있었다.

사대파벌 중 하나인 팔콘을 죽이고 수많은 데몬로드를 휘하로 들였으며, 그 정점에 군림한 채 심연을 휘젓고 있는 존재.

아무도 그를 적대할 수 없었다. 그 가능성이 있다면 둘뿐이다.

태양왕인 나, 그리고 사자왕인 안달톤 브뤼시엘.

"둘 다 참여할 줄은 몰랐군. 하기야, 심연에서의 약속에 신의 따위가 있는 게 이상한 이야기지."

비아냥거렸다.

안달톤 브뤼시엘 역시 경매에 참여했기 때문이다.

하지만 우리의 거리는 어정쩡했다. 솔직히 이제는 적인지 아군인지 나도 모르겠다.

'만약 그 전쟁에서 밀렸다면.'

안달톤 브뤼시엘은 후퇴했을까?

성의 바로 앞마당까지 밀고 들어온 그의 공격은 치가 떨릴 수준이었다. 녹색 말과 라이라가 견제하여 후퇴한 듯싶지만, 그 뒷배경엔 나의 적극적인 공세가 있었다.

공세…… 그래, 나는 보이지 않는 곳에서 오로지 안달톤 브뤼시엘의 목만을 노리고 있었다.

그가 '선'을 넘은 순간, 그가 뒤를 돌아보지 않으며 욕심을 부리는 순간, 그의 목덜미를 뒤에서 물어뜯으려고 말이다.

'그것을 그도 느꼈겠지.'

욕심을 내면 자신의 목숨 또한 위태로울 수 있다는 걸 깨달았을 거다.

내가 전장에 계속해서 보이지 않는 것만으로도 내 의중을 그는 짐작할 수 있었을 것이다.

그래서 후퇴를 결정했다. 어찌 됐건 태양왕의 성은 나의 앞마당. 더 깊이 들어갔다간 수렁에 빠질 수도 있다는 걸 눈치챈 거겠지.

우리는 서로가 서로의 목을 한 차례씩 노린 셈이다.

'영원한 우군은 없다.'

그러니 그 역시 내가 틈을 보인다면 나의 뒤를 치려고 할 것이다. 내가 그랬던 것처럼. 내가 그의 빈틈만을 어둠 속에서 노리고 있었던 그 전장에서처럼.

이곳 심연에선 서로의 이해관계에 따라 도울지 말지가 결정될 뿐이다. 결코 영원히 우군으로 남을 수는 없다.

그래서 나는 일단 안달톤 브뤼시엘 역시 '적'의 경계에 몰아넣었다. 둠만이 아니라 그 역시 경계해야 할 대상이다.

"이곳은 나의 성전이다. 나를 적으로 돌릴 자신이 있다면 물건을 구입해도 좋다."

둠의 선전포고였다.

유치하지만, 확실하게 먹히는 방법이었다.

'이런 꼼수를 부리는군.'

나는 둠의 포인트가 생각처럼 여유가 있지 않다는 걸 알고 있다. 무리하게 영역을 확장하고 데몬로드를 사냥하며 물처럼 포인트를 쓴 탓이다.

그래서 어느 정도 자신이 있었다. 그런데…… 설마 저런 수를 쓸 줄은.

'이곳에 모인 데몬로드는 모두 43.'

나를 포함한 43명. 72명이던 데몬로드의 숫자가 벌써 30명 가까이 줄었다.

그리고 이 중 대부분이 둠, 혹은 그의 파벌에 의해 죽음을 맞이했다.

'둠의 파벌에 속한 데몬로드가 스물셋.'

균형의 추는 이미 무너진 뒤였다.

제로 파벌과 둠의 파벌, 그리고 아르하임의 파벌.

하지만 둠을 제외하면 두 곳은 약세였다. 팔콘이 죽은 뒤 그들 역시 영향을 받은 게 분명했다.

특히 아르하임의 파벌…… 그 숫자가 겨우 다섯에 불과하다.

'제로가 열하나. 중립은 거의 둠에게 붙었다고 봐도 무방하겠군.'

둘이 힘을 합쳐도 둠을 견제하기엔 부족하다.

게다가 남은 몇몇의 중립파도 둠에게 미움을 받기는 싫을 거다.

결국 이 경매는 둠의 마음대로 흘러갈 가능성이 높다.

'제로도, 아르하임도 선불리 둠을 건드리진 못해.'

그랬다간 둠의 공격을 먼저 받게 될 것이다.

결국 이 경매에 참여하기 위한 전제 조건은 하나였다.

1. 둠이 두렵지 않느냐.

단 하나.

그러나 무시할 수 없는 전제.

아무리 내가 태양왕의 힘을 손에 넣었다 한들, 둠의 파벌을 상대할 순 없다. 작은 파벌…… 아르하임과 겨우 견줄 수나 있을까?

정면으로 둠과 맞붙었다간 그대로 분쇄당하기 딱.

내가 무슨 수를 써도 이기지 못하겠지.

'그렇다고 가만히 있을 수도 없는 노릇.'

가만히 있으면 둠이 목적을 달성할 것이다.

위대한 별의 강탈, 전쟁의 본격화…… 거기서 이어지는 지구 멸망.

어찌 보고만 있겠는가.

'위험을 감수해야 하는가.'

선택의 기로에 섰다. 둠이 설마 직접 저런 말을 내뱉을 줄은 몰랐지만, 어떠한 방식으로든 우위를 점하려고 할 거란 건 사전에 이미 예측하고 있었다.

'암흑인들이 당황했군.'

그래서 당황한 이들이 또 있었다.

암흑인. 경매를 주관하는 그들 말이다.

마지막 경매라는 거창한 이름까지 붙여가며 판을 키웠는데, 둠이 혼자서 쏙 그것을 가져가려고 한다.

뭔가 밑으로 강탈하듯이 말이다.

하지만 경매를 중지할 수는 없다. 그런 말을 꺼내면 안 된다는 법도 없었다. 담합이 있을 수 없다고 생각했기 때문일까. 허를 찌르고 들어온 셈이다.

"크흠, 경매의 참여에 관해선 아무런 제한이 없습니다. 부디 많은 로드분의 참여를 부탁드립니다."

부탁이란 단어까지 나왔다.

암연의 가팔로가 했던 말이 사실일까?

어떠한 이유에서 암흑인들이 약해졌고, 이 경매에 사활을 걸고 있다는 말 말이다.

크리스탈 왕관을 쓴 암흑인이 앞으로 나와, 설명했다.

"오늘의 경매 물건들은 하나같이 특별하지 않은 것이 없습니다. 제대로 사용하기만 한다면 모든 형세를 단번에 역전할 수 있는 보구 역시 있지요. 숫자적 불리함, 무력의 약함조차도 뛰어넘을 수 있는, 전설과 신화를 아우르는 절세의 무기들!"

저 말을 곧이곧대로 믿어서도 안 된다.

저들은 허풍쟁이들. 장사치니까. 게다가 오늘은 최대한 비싸게 팔고자 혈안이 된 상태 아닌가.

대놓고 바가지를 씌우는 것처럼 기분 나쁜 일도 없지만, 문제는 그 물건들이 분명히 쓸모가 있을 거라는 점이었다.

'정말 전설과 신화를 아우를 수 있을지는 모르겠지만.'

위대한 별의 봉인조차 깨부술 수 있다면, 마냥 허풍은 아닐지도 모르겠다.

나는 둠의 건너편에 앉았다. 그의 얼굴이 정면에서 보이는 그 자리. 내 양옆으로 제로와 아르하임의 파벌이 존재했고, 나와 약간 떨어진 곳에서 안달톤 브뤼시엘이 경매장을 훑는 중이었다.

'약소의 중립 데몬로드들은 모두 안달톤 브뤼시엘의 뒤에 앉았지.'

이것도 일종의 줄이다.

사자왕이 되기 전, 안달톤 브뤼시엘은 중립의 수장 격이었으니.

남은 소수의 중립파들이 기댈 건 그밖에 없는 셈이었다.

반면에 내 뒤로 앉은 데몬로드는 없었다.

'내 줄은 썩은 줄이라고 여기는 건가?'

내심 웃고 말았다.

하기야. 그들의 입장에서 나는 '혈통 좋고 운이 좋아 태양왕이 된' 것처럼 보일 수도 있겠다.

내가 쌓은 커리어라곤 멸제의 카르페디엠을 죽인 것밖에 없었으니.

나에 비하면 안달톤 브뤼시엘은 황금을 칠한 줄처럼 보인게 아닐까.

뭐, 상관은 없었다.

누구 떡이 더 큰지는 두고 봐야 아는 법.

내가 견제하고자 하는 적은 하나. 둠뿐이다. 제발 방해나 안 해주길 바란다.

“경매에 들어가기 전에, 로드분들의 구매욕을 증진시키고자 저희가 몇 가지 약속을 하려고 합니다.”

약속. 약속이라.

하지만 저들이 무슨 말을 할지 나는 이미 알고 있었다.

‘크리쿼.’

내가 암흑인들 사이에 심어둔 첩자. 크리쿼는 절대지배 상단을 만들고, 안팎에서 활약하며 지금은 백작의 지위에 올라 있었다.

‘가장 중요한 것은 첫마디.’

“가장 많은 포인트를 사용한 로드에게 ‘균열석’을 드리도록 하겠습니다.”

균열석. 내가 신성을 얻는 데 중요한 역할을 한 물건.

둠이 이것을 얻으려고 나찰산을 침략했으나, 나로 인해 역소환당했다.

그것을 준다. 둠이 욕심을 그득그득 내며 나설 만하였다.

"그리고 사용하신 포인트에 따라 '소정의 상품' 역시 준비해 놓았습니다. 로드분들의 평균 포인트 보유량이 백오십만에 달하니, 모두 소진될 수 있으리라 저희는 기대하고 있습니다."

경매에 참여하는 데몬로드들의 평균 포인트 보유량은 모두가 알 수 있었다.

천장에 매달린 전광판과 비슷한 물건이 그 숫자를 띄어놓았는데, 정확히 1,501,344pt란 숫자가 적혀 있었던 것이다.

43명. 총합 64,557,792pt.

이전 경매들과는 비교도 안 될 규모다. 저 중 절반 이상이 둠 진영에서 준비한 자금일 것이었다. 가지고 있던 것을 정리해서라도 모으고, 모은 포인트겠지.

'어느 정도 소진하게 만들어도 저 정도라.'

나 역시 만반의 준비를 마쳤다고 생각했지만 역시 쉽지 않은 상대다.

"그럼 경매를 시작하겠습니다. 첫 경매는 그 특성상 매우 중요합니다. 저희들은 경매 바로 직전까지 순번에 대하여 고민할 수밖에 없었습니다. 하지만, 아무리 고민해도 이게 처음으로 가장 어울린다는 결론은 변하질 않더군요."

"'세 개의 달'이라고 불리는 물건입니다. 심연을 표현하듯 만

들어진 아름다운 반지이며, 대장장이의 신 '오스웬'이 신으로 화하며 가장 먼저 만든 물건이라고 하지요."

묘한 마력을 품고 있었다.

보는 것만으로도 헤어 나올 수 없게끔 만드는 마력.

느껴지는 마력의 질은 상상 이상. 우아하고 아름다웠다.

내가 가진 어떤 물건도 저 반지에 견줄 순 없으리라.

"수많은 침략, 그리고 수많은 암흑인들의 희생으로 말미암아 균열 속에서 겨우 건질 수 있었습니다. 시작가는 30만 포인트로 책정하겠습니다."

자. 시작됐다.

경매자의 말이 끝난 순간, 주변에 침묵이 감돌았다.

누구도 손을 들지 못했다.

그럴 수밖에.

둠. 그가 지켜보고 있는 탓이다.

둠은 미소를 지었다. 그리고 천천히 손을 들으려고 했다.

"30만."

"우리엘 디아블로 님!"

하지만, 이내 둠의 미소는 시궁창에 박혀 버렸다.

'선전포고는 빨리하는 게 좋은 법이지.'

할 거면 확실하게.

내가 둠의 대립자가 되어주겠다.

당연히, 둠의 입가에 새겨졌던 미소는 어느덧 돌덩이처럼 굳어 있었다. 아무도 입찰하지 않을 줄 알았겠지. 적어도 '처음'에는 말이다.

하지만 나는 처음부터 입찰했다.

왜?

절대로 놈이 원하는 바를 모두 가지게 해선 안 되기 때문이다.

'초반에는 모두 사릴 테지.'

그리고 둠은 아주 값싼 가격에 우월한 물건들을 손에 넣을 것이다.

포인트가 절약되는 만큼 반비례하여 놈은 강해진다.

내가 원하는 시나리오가 아니다.

'무엇보다.'

실제로 '세 개의 달'은 좋았다. 내가 본 게 맞는 건가 싶을 정도로 엄청난 물건이라 몇 번이나 '심안'을 사용해 확인한 줄 모른다.

<세 개의 달(value-800,000)>

● 모든 능력치+3

● 모든 저항력+3%

● 모든 잠재력+3%

『전설적인 대장장이 오스웰. 그는 죽은 뒤 대장장이의 신이 되어 신들조차 놀랄 문건들을 만들게 되었는데, 세 개의 달은 그가 신이 된 이후 가장 처음 조각한 것이다.』

붙은 옵션이라곤 단 세 가지.

하지만 그 세 가지가 모두 범상치 않다.

모든 능력치+3만 하더라도, 어지간한 5레벨 이상 칭호와 버금가는 효과다.

하물며 모든 저항력이라 함은, 그야말로 모든 '공격 속성'에 대하여 그만큼의 방어력을 가진다는 의미였다.

그리고 데몬로드처럼 극강의 괴물들의 싸움에선 종이 한 장 차이가 생사를 가르기도 한다. 3%라면 종이 한 장보다 분명히 많다고 할 수 있었다.

하지만 내 시선을 사로잡은 건 마지막 옵션이다.

'잠재력…….'

'모든 잠재력'이라 표기되어 있는 것.

단순한 잠재력 최대치를 포함하여 내가 갖고 있는 가능성의 모든 것을 3% 향상시켜 준다는 뜻이었다.

이런 능력은 처음 봤다. 잠재력이라는 건 내가 가진 기본적인 한계와 같으니까. 그것을 상향시켜 주는 물건은 여태껏 본 적이 없다.

'대단하군.'

그리고 이만한 값어치의 물건이라는 건, 둠 역시 파악했을 터였다.

"30만 포인트가 나왔습니다. 더 없으십니까?"

"35만 포인트."

둠이 질렀다. 그의 분노로 가득한 눈이 내게로 향했다.

'나를 적대하느냐?'는 눈빛.

하지만, 아서라.

적대를 먼저 한 건 놈이다.

'세작을 심어두고 몇 번이나 나를 뒤엎으려고 했지.'

이제는 반격의 때였다.

둠. 그는 어느 정도의 포인트를 모았을까?

솔직히 그가 무엇을 필요로 하는지 나는 모른다. 하지만 '세 개의 달' 역시 그중 하나에 포함됐으리란 짐작은 할 수 있었다.

아니라면 굳이 내 뒤를 쫓으려 하지 않을 테니까.

'아니, 반대로 생각해야 할 수도 있다.'

오히려 내 포인트를 소진시키려고 '연기'를 하는 건 아닐까?

1만 단위의 경매에서 한 번에 5만 포인트를 올렸다. 따라오지 못하게끔 선을 그은 거다.

"36만."

"우리엘 디아블로 님!"

하지만 따라붙는다.

물론 아슬아슬하게 따라붙을 셈이다. 녀석이 나를 파악하지 못하게끔.

“40만.”

“로드 둠께서…….”

“41만.”

“우리엘 디아블로 님!”

빠득!

이를 갈았다. 놈을 비롯한 놈의 파벌에 속한 모든 데몬로드가 나를 노려봤다. 이전이었다면 식은땀이 줄줄 났을 것이다.

하지만 나는 최대한 의연하게 행동했다.

실제로 그들이 무섭지도 않았다.

입매를 올리고, 느긋하게 둠의 눈을 직시했다.

‘나는 너를 소모시킬 것이다.’

라는 눈빛.

쉽게 물건을 갖지 못하게 하겠다. 갖더라도 엄청난 출혈을 감수해야 할 거다.

물론 갖고 싶다. 가질 수 있다면 가질 셈이다. 하지만 그 전제는 어디까지나 ‘둠의 소모’였다. 포인트든, 정신력이든, 뭐든 간에.

‘더 달릴 거냐?’

"45만."

"가파릅니다. 황홀할 정도의 속도! 로드 둠께서 입찰하셨습니다!"

질렀다.

5만 단위는 무슨 법칙이라도 되는 듯했다.

"46만."

"50만."

"51만."

"55만!"

둠이 짜증을 못 참고 소리를 질렀다.

55만이라니. 물건의 가치에 비해 싸긴 하나, 애당초에 물건값 그대로를 주고 경매에서 사는 경우는 극히 드물었다.

그저 보기만 해도 모두가 참여할 정도의 '헉!' 하는 물건이 나오지 않는 이상에야 말이다.

세 개의 달은 그 정도는 아니다. 좋지만, 아주 좋지만 둠을 적으로 돌려가면서까지 참여할 수준의 물건은 아니었다.

그런데 나와 둠이 함께 달리고 있었다.

특히 둠.

미래를 보지 않겠다는 듯. 아니면 그만큼의 포인트를 보유하고 있다는 뜻일까?

'적어도 300만 이상.'

대충 견적을 내봤다.

놈이 사야 할 물건이 몇 가지가 있을 테니, 그에 따라 포인트를 준비해 왔을 것이다.

하나 넉넉하진 않다. 넉넉했다면 처음부터 굳이 자존심을 버려가며 '사지 마라'라는 공언을 할 리가 없으므로.

300만 안팎. 큰 차이는 안 날 거다.

그리고 이 '세 개의 달'에 대한 마지노선이 55만 근처일 것이었다.

둠은 분명히 흔들렸다. 저게 연기라면 아카데미 연기상을 수여해도 납득할 수 있다.

"둠께서 55만 포인트를 부르셨습니다! 손에 땀을 쥐는 경쟁!"

"56만."

"60만."

한 번 더 질렀다?

'대단하군.'

하지만 자신의 실수를 빠르게 깨달은 듯 음성이 고저가 없다.

자신의 감정을 아예 안으로 감췄다. 더 이상 눈빛에서도, 목소리에서도 놈의 흔들림을 감지할 수가 없었다.

이제 더 이상 놈은 흔들리지 않을 거다.

그러나…… 내겐 큰 수확이 있었다.

'처음부터 끼어들지 않았다면 놈의 감정을 알아차리기 힘들었겠지.'

허를 찔러, 달리도록 유도했다. 놈이 전전긍긍하며 포인트를 올렸다. 그러다 보니 감정이 새어 나와 버렸다.

무엇을 의미하겠는가.

나만이 아니라 모든 파벌과 파벌의 수장들, 그들도 어느 정도는 읽었을 것이다

'여유가 없다.'

둠에게 여유가 없음을!

단순한 무력으로 밀어붙인다고 전부가 아니다. 싸움이란 건, 모든 것들이 복합적으로 이루어져 벌어지는 것이다.

그리고 싸움에서 가장 중요한 건 '여유'다.

둠은 방금 전 여유를 잃었다. 원래부터 없었기에 자제심을 한순간 놔버린 것이다.

말하자면, 그의 정신 상태가 어느 정도 몰려 있음을 의미했다.

둠. 그만한 존재가.

"더 없으십니까? 없다면 60만 포인트에 로드 둠에게 '세 개의 달'이 낙찰됩니다!"

어깨를 으쓱했다.

아쉽다. 갖고 싶다. 하지만 미련하게 내 밑바닥을 보여줄 필

요가 없었다.

게다가 방금 전 둠의 반응, 그게 저 '세 개의 달'보다 더 중요한 값어치를 한다고 자신할 수 있었다.

"로드 둠이 '세 개의 달'을 낙찰받으셨습니다! 축하드립니다!"

두 배.

30만을 생각했으나, 60만의 지출이 생겼다.

결코 적은 액수가 아니다. 과연 이대로 놈은 완주할 수 있을까?

"바로 다음 물건으로 넘어가도록 하겠습니다. 이번에도 역시 눈이 휘둥그레지는 물건입니다. 참여하지 않고는 못 배기리라 자신합니다. 자, 소개하겠습니다. 발보르그의 어금니."

암흑인들이 끙끙대며 가져온 것은 거대한 용의 어금니였다.

일반적인 용의 것은 비교도 안 될 정도로 커다란 어금니. 그 크기만 5m에 이르렀다.

"저게 용의 어금니라고?"

"발보르그…… 발보르그…… 서, 설마 마왕을 잡아먹은 용 발보르그를 말하는 건 아니겠지?"

그 이름을 모르는 자들은 없었다.

발보르그. 이곳 심연에 사천왕이 생겨나기 전에, 초대 사천왕들을 부리며 심연에 군림했던 마왕이 있었다.

그 마왕을 잡아먹은 용이 발보르그였다.

일전, 사자왕의 진영에서 세티어 군단장에게 그 피가 주입된 흔적이 있었다.

하지만…… 그것의 어금니라니.

'어쩐지 친숙한 기분이로군.'

데몬로드들의 눈빛이 달라졌다. 초월적인 용의 어금니. 장비로 만든다면 감히 넘을 수 없는 것으로 완성될 것이다.

'심안.'

<발보르그의 어금니(value-1,000,000)>

● 재련 불가

● 파괴 불가

● 접근 불가(1m 이내의 모든 마력이 증발합니다.)

● 마왕의 저주(어금니 주변으로 광기에 찬 괴물들이 몰려듭니다.)

●● 저주를 해제하면 '지혜와 현안의 길'이 비칩니다.

『마왕을 잡아먹은 발보르그의 어금니. 어금니엔 마왕의 저주가 새겨져 있다.』

최악이다. 이런 걸 포인트를 주고 산다고?

탐색 계열 스킬을 지닌 데몬로드는 분명히 늘어났다. 그들의 스킬은 더욱 고도화되고, 당연히 동그라미 하나(●)로 밝혀진 옵션을 비슷하게는 읽을 수 있을 것이다.

재련 불가, 파괴 불가, 접근 불가.

뭐 하나 쓸 만한 게 없다.

마왕의 저주까지 걸려 있어 아무리 봐도 사는 게 손해다.

'너무 대놓고 불길하군.'

이래서야 탐색 스킬이 없어도 알겠다.

어쨌건 '감'이라는 게 있으니까. 짐승의 최정점인 데몬로드다. 그 감 역시 정점에 올라 있으니.

'숨겨진 옵션.'

하지만 나만이 볼 수 있는 옵션이 있었다.

마왕의 저주를 해제하면 '지혜와 현안의 길'이 비친다는 말.

문제는 어떻게 마왕의 저주를 해제하고, 저 지혜와 현안의 길이라는 게 무엇이냐는 것이다.

'왠지 익숙한 이름이군.'

하지만 이내 고개를 저었다. 그 비슷한 이름을 가진 것은 세고 셌으므로.

"무려 발보르그의 어금니입니다! 갖고 있는 것만으로도 품격이 올라가는 물건이죠. 자, 20만 포인트에서 시작하겠습니다."

"20만."

"이번에도 로드 둠께서 시작을 끊으셨습니다!"

별로 살 생각은 없었다.

그런데.

'둠.'

놈이 또다시 참여했다.

왜?

"21만."

"우리엘 디아블로 님!"

그럼 나도 가만히 있을 순 없었다.

둠의 눈은 이제 흔들리지 않았다. 무저갱과 같은 눈으로 나를 가만히 응시하다가 다시 손을 들어 올릴 뿐.

"25만."

"26만."

필요한가, 필요하지 않은가.

알 수 없다. 이전 경매와 달라진 게 없었다.

"30만."

"오오, 로드 둠께서 거침없이 달리십니다!"

"31만."

"그 뒤를 바짝 붙는 우리엘 디아블로 님!"

뭐지?

이 이빨 역시 필요한 건가?

'알아내려고 했지만 알아낼 수 없었지.'

암연의 가팔로로 인해 둠이 뭔가를 찾고 있다는 건 알았지만, 나름 세작도 들여 보고 시간과 포인트도 사용해 탐색했지만 알아낸 건 없었다.

"35만."

"36만."

"40만."

"41만."

이번에도 두 배까지 뛰었다.

정말로 필요한 걸까. 놈이 바라는 건 '위대한 별'을 가두고 있는 봉인을 해제하고 그것을 탈취하는 거다.

말하자면 봉인과 관련된 물건일 가능성이 높다.

발보르그의 이빨. 혹시 '접근 불가' 옵션이 필요한 건 아닐는지.

"더 없으십니까? 41만에서 끝인지요?"

기다려 봤지만, 없었다.

순간, 이맛살을 구겼다.

'아니었군.'

잘못 짚은 것이다. 둠 역시 내가 그를 얼마나 집요하게 노릴지 '간'을 본 것이었다.

그리고 놈의 속셈은 성공했다.

"41만 포인트에 '발보르그의 이빨'이 낙찰되었습니다! 축하드립니다!"

그러자 둠의 입매가 살짝, 나만 보일 정도로 아주 살짝 올라갔다.

하.

'하지만 어느 정도의 파악에는 도움이 됐다.'

세 개의 달은 필요했으면서 발보르그의 이빨은 필요 없다니.

두 물건의 차이점을 고민하면 뭔가 답이 나올지도 모른다.

둠. 놈이 노리는 물건이 어떠한 종류의 것인지 말이다.

이 정도를 파악하는 데 41만 포인트면 나쁘지 않은 거래다.

정말로 내가 '마왕의 저주'를 해제하면, 어쩌면 이득이었을지도 모르고.

게다가…….

'총알은 많다.'

나도 이내 미소를 되찾았다.

41만 정도는 탐색전을 벌이는 데 써도 될 정도로 나는 많은 포인트를 준비해 왔다.

이곳, 43명의 데몬로드가 총 6,400만 정도의 포인트를 보유하고 있던가?

그래서 평균 150만이라 했지만, 이게 평균의 오류다.

나는 가만히 상태창을 열었다.

그리고…….

포인트 란을 확인했다.

[남은 포인트]

-10,714,495pt.

10,714,495pt.

방금 전 사용한 41만 포인트를 합산하면 1,100만이 넘어가는 포인트.

이곳에 모인 43명의 데몬로드가 합친 포인트의 6분지 1을 내가 갖고 있는 셈이었다.

어떻게?

'왕의 업적, 녹색 말의 판매, 그리고 마왕의 살점.'

왕의 업적으로 인해 200만 포인트를 벌었고 녹색 말의 판매로 450만 포인트가량을 벌었다.

암연의 가팔로가 정말로 둠의 진영에서 힘을 쓴 것인지 그 이후 판매량이 대폭 늘어난 덕이다.

하지만 이것만으로는 천만이 넘는 포인트를 채울 수 없다.

'운이 좋았지.'

일전, 멸제의 카르페디엠을 죽이며 그곳에 마왕의 살점을 방치해 둔 바가 있었다. 나로서도 손을 쓸 수가 없었기 때문이다.

그런데 얼마 전, 태양왕의 성으로 모든 기반을 옮기면서 마왕의 살점을 찾았고, 녀석이 광범위하게 늘어나 있는 걸 발견했다.

모든 대지와 숲, 생명체를 마구잡이로 잡아먹으며 무차별하게 커져 있었다.

잠시 고민하며 가까이 다가간 순간, 그 과정에서 잡아먹은 모든 것이 포인트로 환산되어 내게 되돌려진 것이다.

'그 뒤로 용량을 초과했는지 자멸해 버렸지.'

과거에는 한국을 덮었던 괴물이다. 무한하게 증식하며 지구 전체를 덮을 수 있을 거라 생각했지만 아무래도 한계치가 있었던 모양이다.

그래서 상관없었다. 그로 인해 다시 400만에 가까운 포인트를 얻었으니.

'얼마나 많은 준비를 했는지 궁금하구나, 둠.'

내심 미소 지었다.

그래. 나는 이 경매에 모든 걸 걸었다. 아끼고, 아끼며, 이 한 방을 위해 차곡차곡 쌓아둔 것이다.

둠. 놈도 마찬가지겠지만, 놈은 이미 여유가 없다는 걸 들켰다.

나만이 아닌 모든 데몬로드에게.

그래서…….

'그들 역시 참가할 거다.'

지금은 눈치를 보고 있거나, 때를 기다리고 있는 그들도 둠의 조급함을 보았다.

아마도 곧, 어쩌면 이 바로 다음 경매에서 참여의 의사를 나타낼 수도 있었다.

'너는 결코 원하는 바를 이룰 수 없다.'

이루게 두지 않을 것이다. 놈이 지구에 발을 딛지 못하도록 막을 것이었다.

둠은 내게 한 방 먹인 걸 자축하듯 입꼬리를 올리고 있었다.

그래, 지금 많이 웃어라. 계속해서 웃을 수 있으면 좋겠다. 그러지 못하겠지만.

"휘유! 치열한 경쟁이었습니다. 그럼 바로 다음 경매로 넘어가도록 하겠습니다."

"잠깐. 비밀 경매를 할 생각은 없나?"

그때, 한 데몬로드가 입을 열었다.

……안달톤 브뤼시엘. 그다.

진행자는 고개를 갸웃했다.

"비밀 경매라 하시면?"

"이 상태에선 원활한 경매를 진행할 수가 없지 않나. 모두가 경매가를 감추고 은밀하게 진행을 진행하는 것이다. 가장 높이 입찰한 자에게 낙찰을 시키는 거지."

"아아……! 그렇군요. 잠시만 기다려 주십시오."

본래라면 받아들이지 않았을 제안.

하지만, 지금 상황은 기이했다. 나와 둠만이 참가하고 있었으니까.

그런데 거기서 안달톤 브뤼시엘이 절충안을 냈다.

'명백한 참여 의사.'

돌려 말했지만 참여 의사를 밝힌 것이다.

뿐만인가?

비밀 경매가 진행된다면 둠도 막을 수 없다. 정말로 '비밀'이 유지된다면 말이다.

둠의 눈이 좁아졌다. 평정심을 가장했지만 다시 한번 흔들렸다. 그의 시선이 안달톤 브뤼시엘에게로 향한 것이다.

경매자는 잠시 경매장을 뒤로하고 3분가량 자리를 비웠다. 그리고 다시 돌아왔을 때, 진행자의 입가엔 미소가 가득했다.

"예! 안건이 받아들여졌습니다. 하지만 경매의 구조 자체를 바꿀 수는 없습니다. 말하자면 저희는 얼마에 낙찰됐다는 걸 밝혀야 하고, 누구에게 낙찰되었는지를 알려야 할 의무가 있습니다. 그것이 이곳 경매장이 만들어질 때부터 존재하던 '규칙'이기 때문입니다."

과연. 모든 걸 감출 수는 없단 말인가.

그럼 비밀로 경매를 진행하는 의미가 없지 않나?

이름만 비밀인 경매가 될 가능성이 농후하다.

그런 의구심을 예상했는지 진행자가 이어서 말했다.

“하지만! 약간의 편법으로…… 알리는 ‘시기’는 저희가 조정할 수 있습니다. 적어도 이 경매가 끝나기 직전에까진 말입니다.”

오호라.

알려야 하긴 하지만, 경매가 끝나기 직전 알리겠단 말이다.

과연, 과연. 나름의 해법이었다.

안달톤 브뤼시엘이 고개를 끄덕였다. 이것이 절충안이라면 받아들이지 못할 이유가 없었다.

“문제는 이 안에 대하여 절반 이상의 로드분들이 동의를 해 주셔야 합니다.”

아…….

잠시 머리가 지끈거렸다.

그러니까, 절반의 동의라.

이곳에 모인 데몬로드는 마흔셋.

그리고 그중 스물셋의 데몬로드가 ‘둠의 파벌’이었다.

절반이 넘는 숫자가 놈의 파벌에 속해 있는 것이다.

그들이 반대하면 이 안건은 받아들여지지 않는다.

그리고 둠의 입장에선 이 안건을 받아들일 이유가 없었다.

“반대한다.”

둠은 먼저 의사를 밝혔다.

쯧, 역시는 역시.

답이 없는가?

진행자가 땀을 삐질 흘리며 운을 뗐다.

“음…… 일단 찬성하시는 분들을 확인하도록 하겠습니다. 가볍게 손을 들어주시면 찬성하는 걸로 알겠습니다.”

나는 손을 들었다.

나와 동시에 안달톤 브뤼시엘도 손을 들었다.

중립 파벌과…… 제로, 아르하임. 총합 스물의 데몬로드가 손을 들었다.

하지만 역시 과반수는 아니다.

과반수의 동의를 얻으려면 두 표가 더 필요하다.

두 표…….

“……가팔로, 네놈.”

순간, 둠의 썩어 문드러지는 목소리가 들렸다.

고개를 돌리자 암연의 가팔로가 손을 들고 있었다.

‘거짓은 아니었단 건가?’

나는 그의 말을 아직까지도 의심하고 있었다. 둠의 계략일지도 모른다고. 내가 허튼 포인트를 사용하게끔 유도하기 위한 장치로 말이다.

하지만, 가팔로가 손을 들었다.

여기서 손을 들었다는 건 둠에게 등을 돌렸다는 의미가 된다.

가팔로는 잔뜩 굳은 표정으로 둠을 쳐다보지도 않았다. 그

나름대로 결연한 의지가 돋보이는 장면이었다.

"커흠, 한 분만 더 승낙하시면 비밀 경매가 진행됩니다."

하지만, 그래도 부족하다.

한 표. 가팔로 외에 다른 데몬로드가 손을 들 리 없었다.

'어렵겠군.'

가팔로와 같은 자가 아니라면 둠을 적으로 둘 리 만무했으니.

비밀 경매가 아니어도 나는 상관없었다. 단지, 비밀 경매로 진행이 되었을 때 더 둠을 견제하기 쉬워질 따름이었다.

"꺼어어어어어억!"

그때였다.

둠 진영에 있던 데몬로드 하나가 전신에 경련을 일으키곤 이내 쓰러져 죽었다.

그러자 가슴을 뚫고 거대한 벌레 하나가 튀어나왔다.

둠의 표정이 굳었다. 이어 그가 죽은 데몬로드의 가슴을 확인하곤 인상을 찌푸렸다.

"……벌레를 이용해 신체를 조종하고 있었나 보군."

둠의 시선이 제로, 아르하임, 안달톤 브뤼시엘, 그리고 나에게로 향했다.

물론 나는 아니다.

하지만 이 중 누군가가 지금 죽은 데몬로드를 조종하고 있었던 건 확실하다. 저 강력한 저주가 걸린 벌레를 이용해서 말이다.

하나 엄청나게 교묘했다. 심안을 가진 나조차 파악을 못 했으니. 관심이 없기는 했지만 나름대로 모두를 훑어봐서 더욱 놀라웠다.

'나도 경계해야겠군.'

데몬로드 아니랄까 봐.

별 이상한 수는 다 쓰고 있었다.

심지어 데몬로드의 육체까지 귀신처럼 조종할 수 있는 방법이라니. 죽는 시기마저 결정할 수 있다면, 긴장하며 경계해야 할 이유로는 충분했다.

"경매장 내에서의 싸움은 원칙적으로 금지입니다. 당장 마력을 추적하여 범인을 알아내게 된다면 저희 암흑상회와 전쟁을 치를 각오를 해야 할 것입니다."

진행자의 얼굴 역시 굳었다.

그리고 왕관 따위를 쓴 암흑인들이 몰려와 마력의 진원지를 쫓아가려 했지만 답이 나오지 않았다.

하기야 그렇게 찾을 수 있다면 진즉에 둠이 눈치를 챘을 것이다.

"……한 번 더 이런 일이 발생한다면, 경매를 중지시키도록 하겠습니다. 그리고 반드시 찾아내어 그 죗값을 물도록 하겠습니다."

결국 진행자도 포기했다. 어쨌건 이 경매는 그들에게도 중요한 의미를 가지고 있었던 탓이다.

"21 대 21이로군."

안달톤 브뤼시엘이 지나가듯 내뱉었다.

그렇다. 이 죽음으로 인해 21:21이 되었다. 여전히 과반수는 안 된다.

진행자가 잠시 고민하곤 이어서 입을 열었다.

"이럴 경우 보통은 상회의 의견에 더 무게가 실리게 됩니다. 비밀 경매로 진행하도록 하겠습니다."

빠드득!

다시 한번, 듐의 평정심이 깨졌다.

하기야 자신이 있는 곳에서 자신도 모르는 사이에 부하 하나가 죽어 나간 거다. 신경 쓰이지 않을 리가 없었다.

'범인을 모르니 더 답답하겠지.'

심지어 나도 모르겠다.

제로인지, 아르하임인, 안달톤 브뤼시엘인지.

저 셋 중의 하나는 확실한데…….

'한동안 귀찮아지겠군.'

듐은 필사적으로 범인을 찾으려 할 것이다. 이런 방법이 있다는 걸 알게 됐으니 빠르게 정리하려고 할 테다.

내게도 경각심이 생겼다.

둠의 세작은 모두 걸러냈지만, 저런 방법이라면 내가 걸러내지 못한 누군가의 세작이 성안에 있을 수도 있는 것 아니겠는가.

'조금 더 심혈을 기울여 찾아봐야겠어.'

저 거대한 벌레, 그리고 신체의 자유를 뺏을 수 있는 마법. 두 가지 단서만 있으면 어느 정도는 걸러낼 수 있겠지.

누군지는 모르겠지만, 덕분에 비밀경매가 진행됐다.

역시 예상한 것처럼 한 치 앞이 예상 안 되는 경매였다.

또 뭐가 있을지 모르니 긴장하자. 긴장을 풀지 말자.

"다음 경매의 물품은 바로 이것, '나태'입니다."

나태?

이어서 암흑인들이 가져온 물건은 신발이었다.

어두운 오로라를 풀풀 풍기는 그 신발은 척 보기에도 예사롭지 않았다.

하나 신발만 있는 건 아니었다.

"신발 옆에 석화되어 붙어 있는 건 뭐지?"

"그게…… 인간입니다."

그렇다. 신발을 꼭 껴안은 채 석화되어 있는 석상이 하나 있었다. 남자였고 호리호리하게 생겼다.

"왜 안 떼어놓는 거지?"

“떼어놓을 수도, 파괴할 수도 없더군요. 아, 하지만 걱정 마십시오. 신발과 계약하게 되면 자연스럽게 저건 떼어질 겁니다.”

그런 건가?

“그보단 이 신발에 집중해 주시길. 혹시 7대 죄악이라고 들어보셨습니까? 칠죄종이라 불리는 그것은 교만, 시기, 분노, 나태, 탐욕, 폭식, 색욕으로 이루어져 있지요. 그것을 표현한 물건은 많았습니다만, 이 나태는…… 죄악의 원형입니다.”

나조차도 솔깃할 수밖에 없는 이야기.

왜냐하면 내가 바로 7대 죄악 중 하나, ‘폭식’의 소유자이기 때문이다.

‘심안.’

급히 눈을 열었다.

그리고 보았다.

<나태(value-無)>

● 민첩+7

● 7대 죄악, ‘나태’ 사용 가능.

● 7대 죄악은 모으면 모을수록 강해진다.

-3세트 효과: ???(잠김)

-5세트 효과: ???(잠김)

-7세트 효과: ???(잠김)

『가장 추악한 7개의 죄악 중 하나인 나태. 모든 것을 덮어버리는 나태야말로 가장 조심해야 할 '악'이다. 모든 죄악이 모이면 '종말의 별'이 떠오른다고 전해진다.』

"7대 죄악은 신화 속 마왕이 착용하고 있었다고 전해지는 무구들입니다. 저희는 우연히 그중 몇 가지 파츠를 손에 넣을 수 있었으며 이렇게 내놓게 된 거지요."

암흑인들이 둥그런 동전과 같은 것을 넘겨주었다.

"지금 나눠 드린 물건은 심상을 읽습니다. 원하는 가격을 생각하면 그대로 적용이 되어 저희에게 전달될 겁니다. 부디 현명한 선택 하시기를."

나는 가만히 동전을 바라봤다.

그리고 생각했다.

'다른 건 몰라도 저건 양보해선 안 된다.'

이곳에 있다는 7대 죄악, 그 모든 걸 내가 얻어야 했다.

문제는 나 혼자만 '나태'를 노리는 게 아니라는 점.

'타이밍이…….'

하필이면 비밀 경매로 전환된 직후 가장 처음 선보이는 게 내게 꼭 필요한 물건이라니.

둠에게 한 방 먹인 건 좋았지만, 이건 나 역시 한 방 얻어맞은 셈이었다.

물론 방법이 있긴 하다.

압도적인 포인트로 찍어 누르는 것!

나는 가능하다. 이곳에서 나만큼이나 포인트를 모은 데몬 로드는 없을 것이기에.

하지만 포인트의 분배 또한 내겐 중요한 과제였다.

만약 비밀 경매로 전환되기 전, 둠과 나만의 대결이었다면 훨씬 싸게 구입할 수도 있었을 것이다.

'몇이나 참여할까.'

시작됐다. 이제 내가 원하는 포인트를 심상에 그려 넣고 마력을 주입하는 순간, 입찰가가 정해지며 암흑인들에게 전달될 것이다.

시작가도 없다. 싸게 사면 한없이 싸게 살 수 있지만, 비싸게 사면 한없이 비싸게 살 수밖에 없다는 뜻.

이게 맹점이었다.

'시작가가 없다…….'

잠시, 생각했다.

로드들이 가지고 있을 평균 포인트에 대하여.

아직은 경매의 초반이었다. 포인트를 남용하기에는 이른 시간.

남용할 정도가 되려면 여유가 있어야 한다. 적어도 200만 포인트 이상은 있어야 여유롭게 참여가 가능할 것이다.

'참여는 하되 혹시나 싶어 찔러보는 자도 많겠지.'

싸게 적어서 혹시나 낙찰되면 그것만큼 좋은 일도 없으니까.

나태. 저 신발을 로드들은 어느 정도의 가치로 평가할까.

'50만? 60만?'

어쩌면 그 이상일지도 모르겠다.

미친 척하고 구하려고 한다면 높게 질러 버릴 수도 있을 터였다.

하나 현격한 차이의 가격을 적어내면 그 또한 손해다.

어렵다. 쉽지 않은 경매였다.

나는 심안을 가지고 있지만 그들의 심상마저 읽을 수는 없었다.

하지만, 내겐 그 비슷한 권능이 있긴 있었다.

'운명의 장난.'

모든 것의 가능성을 점칠 수 있는 '꿰뚫어 보는 자'만의 특권!

물론 정말로 모든 가능성을 점칠 순 없다.

간단하기 그지없는, 예를 들면 내일 비가 오느냐 아니냐 정도의 가능성을 점치는 것이다. 말 그대로 대충 하늘만 봐도 예상되는 수준 말이다.

그러니 확실하게 예상을 하고, 실행해야 한다.

무엇보다 이 권능은 하루에 세 번만 사용할 수 있다.

'나태를 80만 포인트 이상으로 낙찰하는 데몬로드의 숫자가 둘 이상일 가능성.'

[80:20]

눈앞에 숫자와 비율이 떠올랐다.

애매하기 그지없다. 하지만 나도 데몬로드다. 나를 포함하여 경쟁자가 하나 이상 생길 가능성이 높다는 건, '나태'를 강하게 눈독 들이고 있는 데몬로드가 있다는 뜻이다.

셋 이상으로 가면 가능성이 현저하게 줄어들 터.

'큰 수확이군.'

자…… 이제 그게 누구인지를 찾아야 한다.

누가 나태를 노리고 있는 걸까. 하나만 찾으면 된다.

7대 죄악은 파츠가 갖춰졌을 때 보다 강한 힘을 발휘한다. 그것을 다른 로드들도 모르진 않을 것이다. 모든 파츠를 가질 수 있는 수준에 이른 자, 혹은 '사재기'를 하려는 자.

'전자에 무게를 두자.'

사재기를 한다면 오히려 나로선 다행이다.

하지만 그만한 포인트를 보유한 자가 내 대접점에 선다면 여간 피곤할 것이었다.

일단 둠은 제외시켰다. 내가 '폭식'을 갖고 있기 때문이다. 둠이 구매한 물건과 연관성도 없고, 설령 필요하다 해도 죄악 모두가 필요하리라 여겼다.

그렇다면 남은 건…….

'제로, 아르하임, 안달톤 브뤼시엘.'

그리고 나는 마지막 이름에 주목했다.

'안달톤 브뤼시엘.'

왜일까. 왜 그의 태도가 신경 쓰이는가.

느닷없이 비밀 경매를 제시한 건 그다. 그리고 그는 사자왕이다. 둠과 마찬가지로 머리를 굴릴 줄 알며 내게 한 차례 경매를 양보한 적이 있지만, 그 역시 물건의 가치를 꿰뚫어 보는 데 이골이 나 있었다.

왜 하필 지금 타이밍일까.

'사전에 알고 있었다?'

나 역시 암흑인들 사이에 첩자를 심어뒀다. 경매에 관한 전반적인 사항들을 미리 알 수 있었다. 그러나 경매의 내용물까지는 알 수 없었다.

'심안.'

나는 다시금 그를 살폈다.

이름: 안달톤 브뤼시엘(value-지배 불가)

직업: 데몬로드

칭호:

- 절대악신의 힘(10Lv, 모든 능력치+8)
- 별의 주인(9Lv, 모든 능력치+6)
- 오롯한 왕의 길(9Lv, 마력+15)

능력치:

힘 133(108+14)ss 민첩 135(111+14)ss 체력 124(110+14)ss

지능 124(110+14)ss 마력154(125+29)ss

잠재력(564+70/600)

스킬: 심연(11Lv), 휘몰아치는 악(10Lv), 군림자(10Lv), 대악大惡(無)

[전후 비교]

힘 125 민첩 128 체력 117 지능 114 마력 139 잠재력(533+70/550)

힘 133 민첩 135 체력 124 지능 124 마력 154 잠재력(564+85/550)

내 기억이 맞는다면 세 번째 칭호는 본래 없는 것이었다.

능력치도 가파르게 상승했으며 잠재력 한계치가 크게 올랐다.

그리고 못 보던 스킬이 있었다.

대악(大惡).

레벨이 없는 스킬은 무척이나 드문데, 이름으로 보자면 범상치는 않았다.

무엇보다 악과 관련된 스킬이다. 커다란 악이라 칭할 정도인데 레벨이 없다는 건, '조건'을 충족해야 기능이 발휘된다는 뜻이었다.

조건이 무엇일까.

'적어도 평범한 건 아니겠지.'

7대 죄악과도 무척이나 어울리는 이름 아닌가.

물론 이 모든 건 나의 망상이다. 추론이라 하기엔 근거가 빈약했다. 아주 짧고 얇은 실만 가지고 전체를 꿸 수는 없기 때문이다.

그러나 이 정도 가능성이면 충분했다.

나는 안달톤을 가상의 경쟁자로 선정하고, 그의 입장에서 나태에 얼마의 가격을 매길지 등을 분석했다.

'라이라가 분석한 결과표에 의하면 안달톤 브뤼시엘의 보유 포인트는 대략 250만.'

라이라는 유능하다. 쉴 만도 한데, 더 열성적으로 움직이며 모든 걸 분석해 내게 가져왔다.

이 포인트 보유량에 대한 예측도 어느 정도 정보를 바탕으로 작성한 것이었는데, 안달톤 브뤼시엘이 250만, 둠은 도합

400만 정도로 추측하고 있었다.

틀릴 가능성이 높긴 하지만 크게 벗어나진 않을 터.

'111만.'

상념을 흘려보냈다. 확정된 숫자를 생각하자 삑- 소리와 함께 암흑인들에게 입찰가가 전달되었다.

"자, 입찰을 종료하도록 하겠습니다. 저희에게 모든 입찰가가 전달되었으며 이 중 가장 높은 입찰가를 불러주신 분에게 '나태'가 낙찰됩니다."

곧 진행자가 자신의 손바닥을 내려다보더니 입을 크게 벌렸다.

"놀랍군요! 매우 근소한 차이로 결과가 나뉘었습니다. 100만을 넘어, 110만을 넘어……."

집중했다. 입안이 바짝 말랐다.

곧, 진행자가 손가락 하나를 펼쳤다.

"111만 포인트에 낙찰되었습니다! 축하합니다!"

……휴.

내심 안도의 한숨을 내쉬었다.

그리고 안달톤 브뤼시엘에게 슬쩍 시선을 옮겼다.

동시에 눈이 마주쳤다.

'역시.'

감이라는 게 있다. 강해지면 강해질수록, 갈고닦으면 갈고닦을수록 감은 날카로워지고 뚜렷해진다. 그리고 지금 눈을 마주치며 나는 확신하게 되었다.

내 상대는 역시 안달톤 브뤼시엘, 그였노라고.

그도 알았을 것이다. 내가 낙찰받은 사실을 말이다.

하지만 안달톤 브뤼시엘은 미동도 하지 않았다. 원래부터 그랬지만 사자왕의 지위에 오르고 나선 더욱 속내를 알 수가 없어졌다.

"규칙상 저희는 낙찰자를 발표해야 합니다. 하지만 편의상 경매가 끝나기 직전에 발표하도록 하겠습니다. 그럼, 다음 경매로 넘어가도록 하지요!"

발보그르그의 이빨, 그리고 나태.

일단 내가 원하는 것 하나는 얻었다. 참고로 111만 포인트면 어지간한 군단을 운영할 수 있는 수치다. 태양왕이 되지 않았다면 만져 보는 것조차 힘들었을 액수.

몇 마리의 강력한 용을, 혹은 최상급의 괴물을 구매해 진영 방어에 힘쓸 수도 있다.

영토가 넓어질수록 혼자 무언가를 할 때 제한이 생기는 탓이다.

그것을 물건 하나를 얻는 데 사용한 것이다.

어지간한 데몬로드는 못 할 행위겠지.

"다음은 물건이 아닌 생물입니다! 후후후, 보시면 깜짝 놀랄 겁니다. 저희도 깜짝 놀랐으니까요. 아주 운이 좋았습니다. 일전, 저희는 경매에서 아주 강력한 '용의 알들'을 소개한 적이 있었습니다. 그리고 그중 '암흑룡의 알'은 가장 질이 좋았죠."

아아, 카르페디엠이 구했던 그 암흑룡 말인가.

그 암흑룡의 심장을 내가 먹었다. 라이라가 암흑룡을 도살하고 심장을 꺼내 위급한 상태였던 내게 먹인 것이다.

"지저에서 군림하는 '검은 눈동자 그라디아'의 알이었지요. 그런데…… 저희가 그 '그라디아'를 입수했습니다."

"그 지저의 학살자를?"

"어떻게?"

로드들도 여간 놀란 모양이었다.

그라디아. 들어만 봤지 나도 본 적은 없다.

이곳 심연에는 '지저'라는 곳이 존재하는데, 말하자면 지하세계다. 지하세계로 이어지는 입구는 마력이 탁하고 균열이 너무 심해서 들어갈 수 없다고만 알고 있었다.

그곳에 군림하는 자들 중 하나가 바로 그라디아라나.

"자신의 아이를 찾아 지저에서 올라왔더군요. 녀석을 잡기 위해 정말, 정말 많은 희생이 있었습니다. 만 단위의 병사가 죽어 나갔습니다. 귀족도 숱하게 죽었지요. 후…… 다시 생각하기도 싫은 끔찍한 일이었습니다."

진행자가 한숨을 내쉬며 몸을 부르르 떨었다.

"그 막강함은 소문대로였습니다. 지저를 혼자 뚫고 나올 정도의 육체이니, 이 자리에서 이런 말을 하긴 좀 그렇지만, 로드분들이 상대하셔도 쉽지 않을 것입니다."

데몬로드의 자존심에 금을 가하는 말이었다.

하지만 어느 정도는 수긍하는 분위기였다.

"그라디아…… 지저의 왕 말인가."

"살아 있는 전설."

"현존하는 용 중에선 가장 강력하지 않나?"

"아니, 그래도 녀석과 비견되는 용의 이름은 몇 개가 있지. 하지만, 그 용들은 모두 '지저'에 있으니……."

그 천하의 데몬로드들이 수긍을 한다. 처음 보는 광경이었다.

이윽고, 거대하기 짝이 없는 철창 하나를 암흑인들이 끌고 왔다.

그 안에…… 광조차 나지 않는, 모든 걸 빨아들이는 칠흑 같은 검은색의 용이 한 마리 있었다.

그 크기는 이타콰와 비교해서 꿀리지 않을 정도.

아니, 조금 더 큰 것 같기도 했다.

"죽은 것 아닌가?"

"마력이 느껴지지 않는데?"

하지만 그라디아는 눈을 감고 있었다.

진행자가 커흠, 목을 가다듬으며 말했다.

"저희가 사용하는 제어구가 통하지 않아, 일시적으로 마력을 동결시키고 재워둔 상태입니다. 이 작업을 하는 데에만 60일이 넘게 걸렸습니다. 정말이지 끔찍한 일이었지요."

"그럼 다시 깨어나긴 하는 거냐?"

"예, 마력의 워낙 강대해 오랫동안 재울 수는 없지만, 앞으로 10일 정도가 흐르면 스스로 모든 제약을 깨고 일어날 겁니다. 무시무시하지 않습니까?"

진행자의 말마따나 무시무시했다.

덩치도 덩치지만, 느껴지는 카리스마는 이곳에 모인 파벌의 수장들에 뒤지지 않았다.

그런데…… 놀라운 일이 벌어졌다.

그라디아가 눈을 뜬 것이다.

"지금 눈을 뜬 것 같은데?"

"예? 그럴 리가요. 절대로 일어날 수 없는 일입니다. 저희 상회가 혼신의 힘을 들여 확실하게 잠을 재웠는……."

쿠웅.

그라디아가 비대한 몸집을 일으켰다.

"……네?"

진행자도, 암흑인들도 모두 할 말을 잃은 듯 멍하니 그라디아를 바라봤다.

쿠우우우웅!

이윽고, 그라디아가 철창에 몸통을 부딪치며 발광을 하기 시작했다.

“거, 걱정 마십시오. 마력은 여전히 잠긴 채입니다. 또한 주인이 정해지면 저희 암흑인들이 새긴 인장이 반응하며 복종하게 될 겁니다.”

-내 아들은…… 어디 있느냐……?

쿵! 쿵! 쿠우우웅!

미친 듯이 몸을 박아댔다.

신체가 정상적인 상태가 아님에도 제어구와 철창에 새겨진 마법들이 발동하며 그라디아를 압박함에도, 녀석은 끊임없이 몸을 부딪쳐 댔다.

‘인상적이군.’

저만한 의지라니.

심연을 열어 그라디아의 능력치를 확인하고 놀랐지만, 저 끈질긴 의지도 내 시선을 앗아가는데 한몫했다.

그런데 여기서 끝이 아니었다.

그라디아. 녀석과 내 눈이 마주쳤다.

-내…… 아들…….

쿠르르르릉!

그라디아의 억제되어 있던 마력이 폭주하기 시작했다. 철창과 제어구가 격렬하게 흔들리며 공명음을 낳았다.

하지만 그라디아의 눈은 내게 고정되어 있었다.

'뭐지?'

짐짓 당황했으나 착각은 아니리라.

"제어구의 강도를 높여라!"

콰득! 콰득! 콰드득!

경매진행자의 입에서 그 말이 튀어나오기 무섭게 그라디아의 신체가 파열되는 소리가 곳곳에 울려 퍼졌다. 강제로 살을 짓이기고 뼈를 바를 정도의 압박을 가하고 있는 것이다.

하나 그라디아는 신음 한 번 내지 않았다. 이빨을 보이며 철창을 물어뜯고, 죽음조차 불사한다는 듯 광란하고 있었다.

"대단하군. 암흑상회의 말을 따르자면 저 철창은 로드조차 봉인할 수 있는 '절대방벽' 아니던가?"

"게다가 지금 그라디아의 상태는 상당히 약해져 있지."

"괜히 최강의 용종이라 불리는 게 아니로군."

로드들은 감탄했다. 그들은 일말의 위기의식조차 없었다. 저 상태로 발악해 봤자, 결국 철창을 뚫고 나올 수 없다는 걸 알기 때문이다.

그렇다.

그라디아의 발악은 발악일 뿐이었다. 죽기 직전까지 약화된 상태로는 저 철창을 부술 수 없다. 동물원 원숭이처럼 구경을 당할 수밖에.

절대다수의 로드들이 눈독을 들였다. 군침을 삼켰다. 그라디아. 이미 완성된 용. 즉시 전력으로 사용할 수 있으며 전장의 공포로 군림하기에 이보다 좋은 소재는 없다.

'확실히…… 내가 봐왔던 용들은 상대도 안 되어 보이는군.'

과거, 나 역시 몇 마리의 용을 사냥한 바가 있었다. 알레테이아 교단의 교주가 기르는 암흑룡도 그중 하나였다.

하지만, 그 모든 용을 합쳐도 그라디아 하나만 못하다.

그건 '심안'으로 살피자 더욱 일목요연해졌다.

이름: 그라디아(value-2,977,770)

종족: 암흑거룡(暗黑巨龍)

능력치:

힘 120 민첩 120 체력 130

지능 140 마력 150

잠재력(660/660)

특이사항:

-지저의 수호룡 중 하나.

-각종 봉인과 제어구에 의해 상당히 약화된 상태입니다.

스킬: 거룡의 포효(10Lv), 고대 용의 지식(10Lv), 거룡의 피부(10Lv)

총합 능력치 660!

압도적이다. 황홀할 수준이었다. 어지간한 데몬로드가 아니라 수장의 파벌과 맞붙을 정도의 무력을 보유하고 있었으니.

물론 데몬로드는 그 특성상 무한하게 강해질 수 있고, 절대다수를 거느리며 여러 가지 방식으로 성장할 수 있는 데 반해 그라디아의 성장은 끝이 나 있는 상태이긴 하지만, 그걸 감안해도 무시하지 못할 괴물이었다.

'피가 튀기겠군.'

특별한 물건으로 스스로를 치장해도, 능력치가 상승하는 데에는 한계가 있다. 그러는 주제에 포인트는 무시무시하게 차지하니 효율이 좋다고 할 수는 없다.

하지만 완성된 괴물이라면 이야기가 다르다. 불리할 때 전장에 내보낼 수도 있고, 전략적인 사용 또한 가능하므로.

오히려 단순 효율 면에선 장비 같은 것 몇 개보다 그라디아 하나를 사는 게 훨씬 낫다.

"이제야 겨우 안정이 되었군요. 보셨다시피 무시무시한 괴물 중의 괴물입니다. 용 중의 용이며 그라디아를 거느린다는 것만으로도 그 위엄을 나타낼 수 있지요. 부디 현명한 선택 해주시기를 바랍니다."

진행자의 말이 끝나는 순간, 로드들의 보이지 않는 전쟁이 시작됐다.

그라디아. 너무나도 탐이 나는 녀석이다. 7대 죄악을 구매하고 둠을 막아야 하는 나조차도 그라디아만큼은 어떻게든 구하고 싶었다.

슬쩍, 둠을 봤다.

그리고 둠의 시선이 그라디아에게 박혀 있는 것을 확인했다.

'관심이 있다. 아니면 관심이 있는 척을 하는 건가?'

놈은 이미 한 차례 나를 속인 적이 있었다. 물론 비밀 경매로 바뀌며 그다지 의미는 없어졌지만, 여전히 나를 의식하고 있긴 할 것이다. 내가 그러는 것처럼 말이다.

작전일까? 아니면 순수하게 그라디아가 필요한 것일는지.

'거의 300만의 가치라.'

내가 본 어느 것보다 높은 수치였다. 100만이 넘어가는 것도 거의 본 적이 없는데, 그 세 배인 300만이라니.

'둠이 처음 구매한 것은 세 개의 달.'

모든 능력치와 잠재력, 저항을 올려주는 희귀한 물건.

세 개의 달 자체가 필요했던 것일 수도 있고, 저 세 개의 옵션 중 필요한 게 있었을 수도 있다. 아직 확답하긴 이른 상황이지만…… 그 '세 개의 달'이 가지고 있던 옵션들과 비교해 그라디아에게 건질 수 있는 게 무엇인지 생각해 봤다.

'지저 수호룡의 직위, 고대 용의 지식, 혹은 거룡의 피부.'

우선 직위는 아닐 것이다. 제외하고.

고대 용의 지식…… 이 부분이 애매하다. 고대 용의 지식이라고 칭해지는 것을 나는 본 적도 들은 적도 없는 탓이다. 만약 둠이 노린다면, 이것일 가능성이 높다고 봤다.

그리고 거룡의 피부.

굉장한 방어력…… 항마력 등을 가져다주는 게 분명했다.

아니라면 암흑인들이 철저하게 몇 중, 몇십 중으로 방비한 것들이 크게 효과를 주지 못했을 리 없으니까.

세 개의 달과 비슷한 측면이 있다고 한다면 바로 이것이다.

'항마력?'

……고민해 봐야 할 문제인 듯했다.

비밀 경매의 단점은 둠이 무엇을 바로 원하고 구매하려는지 알 수가 없다는 것. 요령껏, 눈치껏 때려 맞춰야 한다.

나는 둠을 살폈다. 평소 둠의 언행은 기본이고 피나 마력의 순환까지 탐구하려고 했다.

운명의 장난을 사용해야 되나?

하지만 아직 갈 길이 멀다. 게다가 둠이 물건을 입찰할 확률 같은 건 운명의 장난으로 알아볼 수 없었다.

'태도. 태도의 변화.'

우선 말이 없어졌다.

필요한 게 있어 선전포고를 할 때와는 다른 모습이다.

눈빛은 고정되어 있지만 갈망 따윈 읽을 수가 없었다.

하지만…… 일부러 그러는 것 같기도 하다. 최대한 티를 내지 않기 위해.

'건다.'

판단은 나의 몫이었다.

'150만.'

가치의 절반에 해당하는 수치를 배팅한다. 100만은 당연히 넘을 것이다. 하지만 150만까지 배팅할 수 있는 로드는 거의 없었다.

기껏해야 셋, 내지 넷.

그리고 그라디아 하나만을 구매하는데 그만한 포인트를 들일 수 있는 자는 없다.

기껏해야 130만, 혹은 140만 언저리일 터.

"이번에도 박빙이었습니다. 게다가 굉장히 높은 포인트로 구매가 확정되었습니다! 놀랍습니다! 150만 포인트에 낙찰되었습니다!"

나다. 이번에도 내가 먹었다.

"150만?"

"대체 누가?"

로드들이 주변을 둘러봤다.

그러나 알 수 있을 리가 없다.

적어도 이번 경매가 끝나기 직전까지 내가 무엇을 구매했는지 그들은 알 수 없었다.

그래서일까.

둠의 표정이 조금은 사나워진 것 같았다. 내색하지 않으려고 해도 미세한 마력의 움직임마저 제어하기엔 감정이 많이 격화된 상태인 모양이었다.

'남은 건 800만가량.'

총 300만 포인트가량을 사용했다.

발보르그의 이빨, 나태, 그리고 그라디아!

발보르그의 이빨은 차치하고 나태나 그라디아는 단번에 나를 더욱 높은 곳으로 데려다줄 수 있는 것들이었다.

하지만 아직 갈 길이 멀다.

"다음 경매의 물건은 '축복받은 성서'입니다."

"120만 포인트에 낙찰되었습니다!"

"다음 경매의 물건은 '태초의 발자국'입니다."

"88만 포인트에 낙찰되었습니다!"

"다음 경매의 물건은……."

…….

경매가 진행될수록 둠의 머리는 터져 버릴 것만 같았다.

이번 경매에서 얻어야 할 것이 많았다. 그래야만 보다 안정적으로 '위대한 별'을 탈환할 수 있는 탓이다.

하지만, 막힌다. 누군가가 막고 서 있다.

'누구냐. 대체 누가 나를 막고 있는 것이냐.'

경매라는 이름의 전쟁. 압도적인 포인트를 갖고 있는 자가 강자다. 하지만 둠은 자신보다 더 많은 포인트를 보유한 존재가 있을 것이라곤 생각하지 않고 있었다.

'우리엘 디아블로, 안달톤 브뤼시엘…….'

만약에 있다면 그 둘이다.

왕의 직위에 올라서면 포인트를 벌 방법은 무궁무진하니까. 아무리 그래도 제일 큰 파벌을 움직이는 자신보다 더 많이 벌어들인다는 건 말이 안 된다.

나머지 로드들은 자신과의 전쟁을 대비하느라 많은 포인트를 썼다. 쓰도록 유도했다.

'안달톤 브뤼시엘. 가장 알 수 없는 건 놈이다.'

우리엘 디아블로?

솔직히 녀석이 뭘 할지는 뻔했다. 태양왕의 성에서 왕이 되는 것만으로도 벅찼을 것이다. 세작을 모두 제거했다지만 녀석을 진정으로 따르는 자는 생각보다 많지 않았다.

하지만 안달톤 브뤼시엘. 놈은 전대 사자왕의 모든 걸 차지했다. 세작도 제거하지 않았다. 대놓고 보여주었다.

괴물. 로드들 중 가장 까다로운 괴물이 있다면, 바로 안달톤 브뤼시엘이다.

녀석 또한 포인트를 많이 쓰긴 했지만 기본적으로 세력과 힘을 지니고 있었다. 여러 가지 알 수 없는 행동들도 많이 하니 의외로 쌓인 포인트는 더 많을 것이다.

'제로, 그리고 아르하임은 내 적수가 못 된다.'

넷 중에 하나가 자신의 휘하 데몬로드를 죽였다. 어쩌면 세작으로 심어두고 정보를 빼갔을지도 모른다. 자신이 필요한 게 무엇인지조차…… 알아냈을지도 모르는 일이다.

'암연의 가팔로. 최근 행동이 이상했지.'

암연의 가팔로가 잠시 모습을 감췄던 시기가 있었다. 그 시기에 녀석이 어디를 향했는지만 알 수 있다면 모든 게 일목요연해질 것이다.

암연의 가팔로는 자신의 비밀을 알고 있을 가능성이 있었다. 그래서 암연의 가팔로가 향했을 길들을 모조리 탐색하는 중이었다. 땅의 기척을 읽는 데 도가 튼 녀석들로 말이다.

'경매가 끝나기 전에만 알 수 있다면.'

둠은 주먹을 쥐었다.

어쨌거나 자신을 방해하는 놈이 있을 거라고 생각하고 있었다.

그놈을 찾기 위해 모든 전력을 투입한 상태다.

그리고 경매가 끝나기 전에 범인이 밝혀진다면.

'총공격의 준비를 끝내 놨다.'

범인이 돌아갔을 때 남은 것이라곤 수많은 시체와 조각난 건물들뿐이리라.

요르문간드는 성과 어느 정도 떨어진 이름 없는 산 위에서 '요양'하는 중이었다.

자신의 배 속에 있는 아이는 무척이나 중요했다. 임신이란 걸 경험하는 건 그녀도 처음이었지만 앞으로의 일을 생각하면 더욱 완전하게 태어날 수 있도록 심혈을 기울여야 했다.

후으으으으읍!

대지와 호흡하고 심연의 마력들을 모조리 빨아들인다. 그녀는 세계를 삼켰던 뱀. 모든 '근원'조차 씹어 먹어버릴 수 있었다.

땅과 하늘, 주변의 모든 것으로부터 생명력을 얻었다. 그 모든 생명력은 오로지 태아를 위해 사용되는 중이었다.

주변 산이 황폐해지고, 대지가 죽어갔지만, 그녀는 아랑곳하지 않았다.

"많이 먹고 쑥쑥 자라려무나."

요르문간드가 아름다운 미소를 흘려보았다.

자신이 이런 모성애를 가질 수 있다는 것 역시 처음 알았다. 그래서 더욱 신기했다. 필요에 의해서였다고는 하지만, 오한성. 그는 역시 신비한 기색이 있었다.

'지금쯤이면 경매인지 뭔지를 하고 있겠지.'

그녀의 눈이 경매장이 있는 쪽으로 향했다. 전부 볼 수는 없지만 그녀의 눈은 보이지 않는 모든 구석을 훑을 수가 있었다.

하지만 경매장을 훑던 그녀의 눈이 잠시 한 지점에서 멈칫했다.

이쪽으로 다가오는 무리를 발견했기 때문이다.

정확히는 태양왕의 성 쪽으로 무언가를 찾듯이 옮겨가는 중이었다.

'마침 잘됐구나. 배가 고팠는데.'

그녀가 배를 툭툭, 두드렸다.

이 산 주변의 생명체는 모조리 싹이 말랐다.

배 속의 아이는 먹보라서, 어지간한 양으로는 만족할 줄 몰랐다.

요르문간드가 기지개를 켰다.

그리고.

스르르르르.

뱀의 형태로 변이한 그녀가 '먹이'를 향해 쏜살같이 쇄도했다.

"암연의 가팔로의 행적이 이쪽으로 이어지는군."

"여기로 가면 뭐가 나오지?"

"사자왕과 태양왕의 성이 나오지."

그들은 추적자였다. 땅의 기억을 읽고, 아주 작은 흔적을 발판 삼아 모든 것을 추적하는 추적자.

둠의 명령으로 암연의 가팔로의 흔적을 쫓은 지 벌써 수십일. 겨우 단서를 찾았다.

"……!"

"흠, 가팔로가 둘 중 하나를 만났단 말인가?"

"……!"

"둠 님에게 보고해야겠군. 일단……?"

소리 없이 기척이 하나씩 사라져 갔다.

이에 의아함을 느낀 추적대의 대장이 고개를 돌리자 거대하기 짝이 없는 뱀 하나가 이쪽을 바라보고 있는 게 아닌가?

스르륵!

하늘을 뒤덮은 뱀이 입을 벌렸다.

꿀꺽!

그리고 단번에 추적대 전체를 삼켰다.

경매는 며칠이나 계속되었다.

중간중간 쉬는 시간을 두며 전략을 짜도록 구성한 것이다.

그리고 1차, 2차, 그리고 3차 경매가 종료되며 거의 모든 경매가 끝났다.

나는 가볍게 어깨를 으쓱해 보였다.

'최대한 저지한 것 같군.'

1,100만에 가까운 포인트를 대부분 써버렸지만 후회는 없었다.

내가 구매한 물건은 도합 8개. 하나에 평균 100만 포인트가량을 조금 넘게 사용한 것 같았다.

시간이 지날수록, 경매가 진행될수록 둠의 표정이 붉게 달아올랐다. 돈 주고도 못 볼 진귀한 광경이었다.

"……추적대의 연락이 끊겼다고? 지금 그걸 말이라고 하는 것이냐?"

둠이 그 파벌의 몇몇 로드들과 함께 심각한 이야기를 나누고 있었다.

무슨 이야기인진 알 수 없지만, 상당히 심오한 문제인 것 같긴 했다.

"마지막 경매를 앞두고 있습니다. 그리고 그전에 낙찰자들을 공개해야 하는 저희의 입장을 헤아려 주십시오."

마지막 경매.

그게 시작되기 전에 암흑인들은 결과를 공개한다고 했었다.

비밀 경매가 끝나고 마지막 공개 경매 하나만을 남긴 셈이다.

그리고 거대한 전광판과 같은 것이 공중에서 내려오며 물건의 이름과 낙찰자, 그리고 사용한 포인트 등을 나타내기 시작했다.

1) 우리엘 디아블로. 8,800,000pt 사용.

-발보르그의 이빨, 7대 죄악 나태, 그라디아, 축복받은 성서, 최초의 발자국, 7대 죄악 분노, 7대 죄악 색욕.

2) 둠. 4,300,000pt 사용.

-세 개의 달, 칠흑의 벽, 용살자의 방패, 신성으로 가득 찬 그릇, 지옥절단기.

3) 안달톤 브뤼시엘. 2,700,000pt 사용

-7대 죄악 교만, 7대 죄악 시기, 죄의 파편 3개

…….

"880만 포인트……?"

"잘못 나온 건 아니겠지?"

데몬로드들이 가장 앞에 적힌 이름과 숫자를 보곤 눈을 휘둥그렇게 떴다.

그리고 그중, 가장 주먹을 부들부들 떠는 건 다름 아닌 둠이었다.

'네놈…… 우리엘 디아블로!'

압도적인 포인트로 순위를 매기자면 나를 따라올 존재는 없었다.

880만 포인트를 사용하고도 아직 200만 포인트가 넘게 남아 있는 상황.

최후의 경매 물품이 뭔지는 몰라도 어지간하면 이 포인트는 남겨둘 작정이었다.

'둠, 그리고 안달톤 브뤼시엘.'

각자 낙찰받은 것들을 보면 그들의 목적이 일목요연해진다. 안달톤 브뤼시엘은 나와 같이 '7대 죄악'을 모으고 있었다. 역시나이긴 하지만 두 개나 놓친 건 뼈아픈 실책이었다.

그리고 둠. 그는 주로 '항마력'이나 결계를 찢는 용도의 물건을 낙찰받았다. 내가 몇 가지를 방해하긴 했지만 모두 막진 못한 모양이다.

하지만…… 나는 이 뒤의 일도 생각해야 했다.

'둘 다 나를 노릴 가능성이 높다.'

압도적인 포인트. 간단하게 생각해 보면 '그뿐'이라는 사실. 내겐 저 둘을 압도할 전력이 없다. 피해는 줄 수 있을지언정 이기진 못할 것이다.

그러니 남은 포인트는 후에 있을 상황에 대비하는 용도로 사용하는 게 나았다. 전력의 증강, 혹은 나의 허점을 지우는 용도로.

둘의 군단이 움직여 나를 노린다면 답이 없다.

나는 지금 아슬아슬한 외줄타기를 하고 있는 셈이었다.

-둠의 군단이 움직이지 않고 있습니다.

마력을 이용해 먼 거리에서도 통신을 받을 수 있도록 개조한 팔찌가 울리며 라이라의 목소리가 머릿속으로 전달됐다.

안달톤 브뤼시엘과 둠. 나는 그중 둠을 주시하고 있었다.

'이상하군.'

둠의 군단이 움직일 것이라고 생각했다. 그리고 움직인다면 나를 노릴 거라고도 생각했다. 암연의 가팔로와 내가 접선한 흔적을 완전히 지우지 못한 탓이다.

그것 외에도 내가 그의 경매를 방해하고 있으니, 나를 지울 목적으로 움직일 수도 있었고.

이유는 많았다.

실제로 집결하여 언제든지 움직일 준비가 되어 있었다.

그러나 움직이지 않는다.

'왜?'

혼선이라도 빚은 걸까?

둠. 자신을 배신한 배신자들과 다른 로드들의 견제를 신경 쓰고 있는 것일까.

최소한의 제스처를 취하며 압박이라도 할 줄 알았건만.

"마지막 경매로 넘어가겠습니다. '최후'라는 이름에 걸맞은 경매가 되기 위하여 저희들은 아주 많은 공을 들였습니다."

진행자가 말했다.

그리고 머지않아 견갑에 둘러싸인 영롱한 검은색의 구슬 하나를 암흑인들이 조심스럽게 들고 나왔다.

"'원죄'입니다."

"……연극은 여기까지다."

그 순간, 둠이 말했다.

둠의 주변으로 거대한 마력의 구들이 형상을 빛내며 모여들기 시작했다.

진행자를 비롯한 모든 암흑인들이 당황했다.

삐이익-!

소리와 함께 수많은 암흑인들이 주변을 에워쌌다.

거대한 장벽들이 세워지며 순식간에 암흑상회 전체를 뒤덮었다. '규칙'을 깬 자를 처벌하기 위한 용도로 만들어진 제어구였다.

아무리 데몬로드라 할지라도 '규칙'을 깬다면 이곳을 벗어날 수 없다. 이곳은 암흑인들의 홈그라운드. 모든 게 갖춰지고 대비된 장소니까.

이윽고 평정을 되찾은 진행자가 입을 열었다.

"지금, 규칙을 깰 생각이십니까?"

"너희들이 만든 규칙에 왜 내가 어울려 줘야 하는 것이냐? 암흑인이라 칭하지만, 나는 너희들의 정체를 안다. 벌레만도 못한 것들이 신의 위업을 빌려 거짓된 형상으로 거짓된 일을 하고 있는 것에 지나지 않다는 걸 말이다."

무슨 말을 하고 있는 거지?

잠시 멈칫하며 둠을 바라봤다.

이미 다른 로드들 모두가 둠을 적대하며 거리를 둔 채 공격하기 위한 자세를 취하고 있었다.

일촉즉발.

아무리 둠과 그의 파벌의 위세가 대단하다 할지라도 암흑인들과 나머지 로드들이 힘을 합치면 지금 둠의 저 행위는 자살과도 같았다.

'이 기회를 놓칠 생각은 없겠지.'

다른 로드들도 모두 같은 생각일 것이다. 둠이 자폭하려고 하고 있었다. 둠만 제거하면 다시금 자신에게도 '기회'가 생긴다는 걸 모르진 않을 터.

문제는 왜 갑자기 둠이 저런 행동을 취했느냐였다.

"무슨 말을 하고 있는 건지 모르겠습니다만, 로드 둠. 후회할 만한 짓을 벌이진 마십시오."

"닥쳐라, 벌레 같은 인간들. 너희의 그 악취가 내 코를 어지럽히는구나."

"……!"

잠깐…….

무슨 말을 하고 있는 거지?

암흑인이 인간이라고?

"너희들은 '허수'다. 본래 존재했으나 존재하지 못하게 된 인간들. 누군가가 시공간을 뒤틀어 돌아갈 때 생기는 오류들. 너희가 포인트를 모으는 이유는 단 하나. 다시금 '존재'하기 위함이 아닌가?"

누군가가 시공간을 뒤틀면 생기는 허수. 둠은 암흑인을 그렇게 정의하고 있었다.

잠깐, 잠깐만.

뒤통수를 세게 얻어맞은 기분이었다. 그것도 몇 대는 맞은 것 같았다.

말하자면 내가 회귀를 한 것도 원인이라고 말하는 거다. 내가 과거로 돌아오며 원래 있었던 미래가 사라지고 그곳에만 존재하는 이들이 '허수'가 되어 붕 뜨는 현상.

생각은 했었다.

내가 돌아오면 미래에 태어난 아이들이나 미래에 살아 있었을 사람들은 어떻게 되는 건지.

"그래서 너희들은 죄인이다. 오로지 '존재'하기 위해 너희들의 고향을 마지막 전쟁터로 설정했으니 말이다. 그곳의 모든 게 사라져야만 너희들이 존재할 수 있으니 그런 것이겠지. 지극히 이기적이고, 그렇기에 추악하다. 심연에나 어울릴 종자들이란 너희들을 뜻하는 것일 터. 흐레스벨그에게 속은 가련하고 추악한 덩어리들."

돔의 주변으로 '파멸'이 생성되었다.

공간을 먹고, 삼키고, 모든 걸 파멸로 몰아넣는 미친 마력.

진행자를 비롯한 암흑인들은 대답하지 않았다. 긍정도, 부정도 하지 않았다.

하지만 이럴 때의 침묵은 긍정과 같다는 걸 모두가 안다.

'정말로 그렇다고?'

그러면 암흑인이 만들어진 게 나 때문이라는 건가?

나와 민식이가 돌아오며 생긴 부작용이라고?

나는 과거의 심연을 모른다.

내가 죽기 전, 돌아오기 전의 심연은 미지의 공간 그 자체였으니까.

이곳에 원래 암흑인이 있었는지, 경매 같은 게 있었는지, 나는 알 수가 없다.

'혹…….'

이상하다고는 생각했다.

아무리 우리엘 디아블로가 멍청함의 대명사와 같은 존재래도 '심안'을 이토록 활용하지 못하고 있었다는 건 말이 안 되지 않은가.

너무나도 조심스러워서 그럴 수도 있다고 합리화를 시켰지만, 지구로 당도했을 때의 우리엘 디아블로는 말 그대로 '거지'였다.

그래서 499명의 영웅이 스러지며 죽일 수 있었던 것이다.

'암흑인. 암흑상회는 내가 돌아오며 생긴 부산물이다.'

둠의 말이 사실이라면 그렇게 된다.

나와 민식이가 과거로 돌아왔기 때문에 미래의 '여분', 필요가 없어진 존재들이 이곳으로 불려와 '암흑인'이 되었다는 것.

하지만. 하지만 지구가 '마지막 격전지'인 건 똑같지 않나?

"암흑인이 없었다면 최후의 격전지는 '지구'가 되지 않았을 거란 말이냐, 둠?"

궁금한 건 못 참는다.

그리고 이건 꼭 풀어야 할 숙제였다.

우리엘 디아블로. 그는 분명히 지구에 떨어졌다. 대한민국. 내 나라에.

둠은 피식 웃어 보였다.

"그렇다. 저 찌꺼기들이 '존재'하기 위해선 가짜가 아닌 진짜가 되기 위해선 모든 '진짜'를 없애야 하니 말이다."

문득, 민식이의 '꿈' 얘기가 떠올랐다.

모든 게 멸망하고 모든 게 '너 때문이다'라는 말을 들으며 항상 깨어난다고 했다.

그런데…… 그러면 우리엘 디아블로는 뭐지? 왜 그는 한국에 떨어진 걸까.

"본래 '지구'라는 곳은 변방에 지나지 않았다. 도망자들에게나 어울리는 장소였지. 하지만 저 찌꺼기들이 개입하며 '최후의 격전지'로 격상했다. '위대한 별'이 각성하기 위한 장소로! 감히 신성한 우리들의 전쟁에 찬물을 끼얹은 것이다."

도망자. 도망자였단 말인가.

젠장, 머리가 너무 아팠다. 하지만 둠의 말이 사실이라면 나의 '원죄'는…… 이 모든 게 나의 '원죄'가 될 수도 있었다.

돌아온 게 내 마음은 아니었다고 하지만, 민식이와 함께 돌아오며 나 역시 그 책임으로부터 자유로워질 수는 없으므로.

쿠웅!

파멸의 마력이 이곳의 공간 전체를 좀먹었다.

"감히! 우리의 전쟁을 너희들이 조종하겠다는 거냐? 나는 너희가 만든 판 위에서 놀아나지 않을 것이다. 모든 걸 부수고 온전한 '그릇'이 되겠노라."

"후회할 겁니다, 둠."

진행자의 말은 차가웠다.

하지만 둠은 코웃음을 쳤다.

"흐레스벨그. 그 독수리는 너희들에게 아무것도 해주지 못한다. 점차 너희는 약해져 가고 있지. 그러니 너희들의 '원죄'를 팔려고까지 하고 있는 게 아니더냐?"

콰아아아아앙!

파멸의 마력이 진행자의 주변을 때렸다.

암흑인들이 급히 막아섰지만 모든 '파멸'을 막기는 역부족이었다.

다른 로드들 역시도 자신을 방어하는 데 급급했지 진행자를 지키려는 시도는 하지도 않았다.

팅. 탱구르르르르.

이어 진행자 주변의 암흑인들이 녹아 없어지자 그들이 들고 있던 검은색 구슬이 바닥을 나뒹굴었다.

"이 '원죄'와 내가 가진 물건들만 있으면 당장 '위대한 별'을 취할 수는 없어도 그것을 옮길 수는 있지."

"로드 둠! 이제 후회해도 늦었습니다!"

"'위대한 별'의 마력 없이는 존재할 수조차 없는 허수아비 따위, 필요 없다."

동시에.

[낙찰받은 물건이 전송됐습니다.]

[발보르그의 이빨, 7대 죄악 나태, 그라디아, 축복받은 성서, 최초의 발자국, 7대 죄악 분노, 7대 죄악 색욕.]

내 앞에 그것들이 놓였다.

아무것도 없는 장소에서 갑자기 생성되듯.

그 장면을 본 진행자의 눈이 휘둥그레졌다.

"어, 어떻게? '공작' 이상의 허가가 필요한 일을……!"

"인간은 나태하고, 또한 필요 이상으로 욕망이 많지. 아니, '욕심'이라고 해야 할까?"

"그래도 이 안에서 '규칙'을 깰 수는 없습니다! 낙찰받은 물건의 고유 권한, 낙찰되지 않은 물건의 외부 유출은 불가……!"

"그것도 '암흑상회'가 존재했을 때 이야기!"

공작을 매수했다는 의미였다.

이어 둠의 파벌이 일제히 앞으로 뻗어 나갔다.

이곳에 오래 있어 봤자 불리하다는 걸 깨달은 걸까.

나도 마력을 끌어올렸다. 모든 로드가 그랬다. 자신의 것을 지키고자 처음으로 '규합'한 것이다.

하지만 둠은 처음부터 우리들에게 관심을 두지 않았다.

오로지 이곳을 빠져나가는 데 중점을 뒀다.

'막아야 한다.'

둠이 향할 곳이 어딘지 안다.

위대한 별이 봉인된 탑!

고개를 돌리자 안달톤 브뤼시엘이 나를 바라보고 있었다.

'일시적 동맹.'

한 번 힘을 합쳤던 사이이니 의견 조율은 빨랐다.

둘 다 고개를 끄덕이곤 재빠르게 둠의 뒤를 따라 달렸다.

쿠릉! 쿵! 쿠루루룽!

탑이 무너진다. 아니, 곳곳이 모두 무너지고 있었다.

둠을 따르는 파벌의 로드들이 시간을 끄는 사이, 둠은 누구보다 빠르게 탑의 꼭대기로 올라가고 있었다.

"'원죄'가 '위대한 별'과 가까워져선 안 된다!"

"막아!"

거의 모든 암흑인이 동원됐다. 그들은 수십만, 수백만 단위로 결집하곤 손을 모아 둠의 정신에 '침략'을 행하고 있었다.

그러자 둠의 모든 모공에서 피가 흘러내렸다. 하지만 둠은 멈추지 않았다.

"아아아악……!"

둠이 위대한 별과 가까워질수록, 녹아내리는 암흑인이 생겨나기 시작했다.

가장 먼저 그들의 '암흑'이 벗겨지자 '인간'의 형체가 드러났다.

아니, 인간이 아니다. 인간과 비슷하지만 완성되지 않았다. 대부분 어딘가가 부족하거나…… 마치 만들어지다 만 것처럼 그러했다.

아예 아기의 모습으로 되돌아간 이후 녹아버리는 암흑인도 있었다.

그 모습을 보고, 둠의 얘기가 틀리지 않았다는 걸 깨달으며 나는 입술을 깨물 수밖에 없었다.

'이게 모두 나로 인해 생긴 일이라고?'

씨발…….

이런 걸 원한 게 아니다. 이러려고 돌아온 게 아니었다.

하지만 멈춰 있을 순 없다. 좌절하고 있을 순 없었다.

'움직여라, 움직여!'

-그래, 그래야 내가 아는 너지.

암령, 손오공이 내 안에서 말했다.

-이번에는 조금 흥미진진하구나. 이게 네가 말한 '여행'이라는 것이겠지?

캬하하!

암령이 웃었다.

녀석이 웃는 걸 나는 처음 봤다.

동시에.

쿠우우우우우우우우웅!

저 멀리서, 마치 투포환처럼 제천대성의 거대한 몸이 날아들었다.

쿵쾅대며 앞을 막고 있는 데몬로드와 힘겨루기를 시작했다.

-가라.

한마디.

둠의 파벌 로드들을 막아볼 테니 그 사이를 뚫고 가라는 말이다.

아무리 제천대성의 신체라도 녀석은 완전하지 않은 상태다. 로드 몇을 동시에 상대할 순 없다.

하지만…… 걱정하지 않는다. 원래부터 쉽지 않은 여행이란 걸 우리 둘 다 인지하고 있었으니까.

"둠."

그리고 느지막이 말했다.

너만은 막는다. 반드시 너만은 막겠다.

철저한 대립자가 되어 너를 파멸로 몰아넣겠다.

58장
세계(1)

쉽지 않으리란 걸 안다.

그래도 해야 하는 일이었다.

둠. 파멸의 인도자. 놈은 강하다. 예전보다 더욱 강해졌다.

'심안.'

이름: 둠(value-지배 불가)

직업: 데몬로드

칭호:

- 둠(10Lv, 모든 능력치+8)
- 파멸의 전조(10Lv, 모든 능력치+8)
- 갈망하는 자(7Lv, 모든 능력치+4)

능력치:

힘 145(125+20) 민첩 145(125+20) 체력 145(125+20)

지능 145(125+20) 마력 145(125+20)

잠재력(625+100/625)

스킬: 심연(11Lv), 파멸(10Lv), 지옥도(10Lv), 버닝 둠(10Lv)

[상대 비교]

힘 145 민첩 145 체력 145 지능 145 마력 145 잠재력(625+100/625)

힘 122 민첩 113 체력 122 지능 113 마력 128 잠재력(525+89/525)

현격하다. 거의 100이 넘는 차이. 우리엘 디아블로의 성장은 멈춰 있었다. 다른 데몬로드를 사냥하지 않는 이상 계속해서 멈춰 있을 수밖에 없었다.

7대 죄악, 폭식 역시 본체에 귀속되었으니 월천의 효과로 힘과 체력이 9씩 상승한 것 외엔 제자리걸음과 같았다.

솔직히 말하자면 정면대결은 자살 행위다.

이길 수 없다. 이기는 게 불가능하다.

하지만 막아야 한다. 안 그러면 다시금 과거와 같은 일이 반복될 뿐이니까.

'조금만 더.'

종합 능력치 725!

본 적도 없다. 들어본 적조차 없었다. 심연의 무수히 많은 괴물을 보아왔지만 700을 넘는 개체 자체가 전무했다.

수십만의 암흑인이 '침략'을 행해도 피를 조금 흘리는 것 외에 둠은 멀쩡했다. 세계 자체를 침략하고 강탈하는 그들의 공격임에도 말이다.

스으윽!

안달톤 브뤼시엘이 앞서 나갔다. 나를 지나쳐 거대한 사자의 갈퀴와 같은 검을 들고서 그대로 둠의 머리 위로 도약했다.

콰아아아앙!

그러자 둠의 등 뒤로 보라색 날개와 같은 것이 돋아 올랐다. 날개가 장벽을 펼치자 안달톤 브뤼시엘의 공격이 허사로 돌아갔다. 거대한 울림만을 남기고서.

"안달톤 브뤼시엘, 네가 가진 '대악'을 발동하지 않는다면 너는 나를 이길 수 없다."

"친절한 설명 고맙군."

치이이익-!

안달톤 브뤼시엘의 검에서 수증기가 피어올랐다. 대검이 붉게 달아오르며 가시와 같은 것들이 튀어나와 안달톤 브뤼시엘의 살결을 뚫고, 피를 빨아들이기 시작했다.

이윽고 그의 눈이 붉게 빛났다.

'저 검이 대악이로군.'

하지만 약간 어색해 보였다. 말마따나 저것이 온전한 힘을 발휘하려거든 조건이 필요한 게 분명했다.

나도 칠흑의 손길을 뻗어 둠의 발목을 잡았다. 고작해야 2초 안팎이 한계였지만 그 시간 정도면 충분했다.

브아아아아아아아아앙!

모터가 달리듯 안달톤 브뤼시엘의 전신이 진동했다. 육안으로 확인하기조차 힘들 정도의 진동. 근육이 세포 하나하나가 떨리며 최적의 울림을 낳고 있었다.

촤아아아악!

이윽고 발을 떼자, 아니, 발을 뗐다고 생각했을 땐 이미 둠의 날개 정중앙을 대검으로 찔러 누르고 있었다.

안달톤 브뤼시엘의 몸과 대검이 초당 수백, 수천만 번씩 진동하며 더욱 폭발적인 움직임을 선보이는 것이다.

쩌저적-!

깨졌다. 둠의 보랏빛 날개가 펼쳐 내던 장벽이 안달톤 브뤼시엘의 공격에 속절없이 깨져 나갔다.

"귀찮은 놈!"

둠의 손에서 검은색의 구가 튀어나왔다. 파멸의 마력을 담은 그 구는 안달톤 브뤼시엘에게 닿자 순식간에 팽창하며 수십 미터의 공간을 먹어치웠다.

그런 구가 수십 발씩 날아오자 안달톤 브뤼시엘도 쉽게 접근할 수가 없었다.

엄청난 진동으로 파멸의 마력조차 흩뜨릴 수 있었지만, 둠의 공격에는 한계가 없었다.

무한한 마력. 혀를 내둘렀다.

'검은 별.'

그러나 저대로 날뛰게 둘 수는 없는 노릇.

나 역시 내가 가진 최강의 기술을 사용했다. 감히 '모든 저주'라고 칭할 수 있는 저주의 총아. 검은 별이 떠오르자 둠에게 그 총아 자체를 걸어버렸다.

능력치가 하강하자 둠이 날리는 구의 크기도 줄어들었다. 날개의 빛도 약간 바랬지만, 그럼에도 까다롭기 그지없었다.

'태을무극심법.'

숨을 들이마시고 한 발자국을 뻗는다.

'탈혼무정검.'

이 검법에서 가장 중요한 건 첫걸음이라.

비스듬하게. 바람과 같이 앞서 나가며 물과 같은 유연함을 검에 부여한다.

춤을 추는 것과 같은 동작이지만 이 묘리는 지극히 공격적이다.

콰아아아아아아!

구를 잘라낼 순 없지만 흘려낼 순 있었다.

하지만 온전히 흘려내기엔 둠의 마력이 너무나도 강했다.

기술적으로 우위를 점할 순 있대도, 신체적 능력치가 압도적으로 차이가 나니 한계에 부딪힌 것이다.

50보.

그 거리를 좁힐 수가 없었다.

"……뭐 더 없나?"

"나한테 하는 말이냐?"

안달톤 브뤼시엘이 되물었다.

그래, 너. 너한테 하는 말이다.

"네가 가진 '죄악'을 내놔라. 그리고 둠에게 달려들어 내가 '죄악'과 계약할 시간을 벌어라. 그러면 이 상황 자체를 없던 것으로 만들 수 있다."

"네가 나한테 얻은 것들을 넘기는 건?"

"말도 안 되는 소리를 지껄이는군."

이하동문이었다.

게다가 이 몸엔 죄악을 적용시킬 수가 없다. 몇 번 도전해봤지만, '오한성'에게 귀속된 것이 우리엘 디아블로에게도 적용되진 않았다.

아마도 '오한성', 즉 나의 본체가 죽어야만 전이가 되는 종류의 것인 듯싶었는데, 이미 폭식이 적용됐으니 계속해서 본체가 7대 죄악을 얻어야 함이었다.

그러니…… 안달톤 브뤼시엘에게 죄악들을 넘긴다는 건, 이 모든 전쟁에서 승리할 생각이 없다는 걸 드러내는 것과 같다.

'50보.'

제기랄.

50보의 차이를 줄일 수가 없다.

손만 뻗으면 닿을 것 같은데 닿지가 않는다.

'안달톤이 말하는 대악. 뭔지는 몰라도 7대 죄악의 효과와 연계되어 있는 건 분명하다.'

그리고 그게 가능하다면 이 상황 자체를 이겨낼 수 있다고 확언했다.

죄악을 모으면 생기는 '세트 효과'와 관련이 있는 걸까?

'본체는 멀다. 태양왕의 탑…… 설령 본체로 움직인다 해도 그렇게 되면 우리엘 디아블로의 몸을 움직일 수가 없지. 둘을 동시에 움직일 수 있다면 모를까…….'

우리엘 디아블로의 움직임이 멈추는 순간, '검은 별'의 지속도 끊긴다.

둠은 더욱 빠르게 '위대한 별'로 향할 것이며 그것을 누구도 막지 못할 터였다.

수십만의 암흑인이 둠의 정신에 '침략'을 가하고, 거기에 '검은 별'을 더해야 겨우 50보 차이를 낼 수 있었던 것이다.

'둘을 동시에……'

방법이 있다면 그뿐이었다.

하지만 둘을 동시에 움직인다는 발상 자체를 해본 적이 없다.

하나의 몸에는 하나의 정신이 깃드는 게 내겐 당연한 것이었으므로.

그래서 도전을 해본 적도 없다. 100%에 이르는 동화율, 더 이상의 무언가가 있으리란 생각은 보통 하지 않으니 말이다.

하지만, 암령을 보라.

암령의 혼은, 정신은 내 안에 있다.

그런 주제에 제천대성의 몸을 움직인다.

'어떻게 하는 거지?'

-배우고 싶은 것이냐?

'속성으로 가능하면 좋겠는데.'

-동조.

'동조?'

-보조를 맞춰라. 너의 생각을 일치시켜라. 혼연일체(渾然一體). 하나의 덩어리가 되어라.

말은 쉽다. 하지만, 암령은 불가능하다고 말하지 않았다.

내게 힌트를 줬다. 그것을 나의 것으로 만드는 건 온전한 나의 몫이었다.

-계속해서 불러라. 부르고 또 불러라. 우리엘 디아블로가 너를 부르던 것처럼.

'그가 나를 계속 불렀다고?'

-너는 듣지 못했겠지만 나는 그의 울음소리를 들었다. 끊임없이, 포기하지 않고 계속해서 부르자 네가 반응하기 시작했지. 그것을 너는 동화율이라 불렀다.

아아.

암령은 생각보다 착한 녀석이 틀림없었다.

감이 잡혔다. 우리엘이 내게 했던 것들이라면 나 역시 알고 있었다.

또한, 처음 내가 우리엘 디아블로가 되었을 때, 그는 나를 부르고 있었다. 무한하게.

'부르라. 계속해서 부르라…….'

'전이'를 사용해야만 내 몸을 움직일 수 있다는 건, 사실 이상한 일이다. 원래 내 몸인데 왜 중간 과정을 거쳐야만 하는 건가.

하나의 몸에 하나의 정신이 깃든다는 것도 내 고정관념에 불과했다.

수많은 마법, 스킬들이 이 관념을 부정하고 있었으므로.

"너희들을 파멸시켜 주마! 나 둠의 이름 아래에!"

둠이 날개를 펼쳤다. 무거운 몸을 움직이며 곧장 날아가기 시작했다.

거리가 벌어진다. 이대로 따라잡지 못하는 걸까?

'오한성. 오한성. 나는 우리엘 디아블로이며, 또한 오한성이다. 덩어리가 되어라. 덩어리가……!'

더 이상 후회하긴 싫었다.

내가 돌아온 게 의미가 있어서 돌아온 것이라고, 철석같이 믿는다.

그러니까. 움직여라.

움직여라. 움직여라.

움직여라……!

촤아아악!

이윽고, 내 앞으로 문이 열렸다.

"이그닐."

눈을 휘둥그렇게 떴다.

문이 열리자 이그닐과 또 하나의 존재가 옆에 서 있었기 때문이다.

서로 마주하는 순간 머리가 팽창하는 기분이었다. 천둥 번개와 회오리가 머릿속에서 폭풍우처럼 쏟아지며 마침내 반으로 나뉘는, 형용할 수 없는 기분.

그것을 보고 이그닐이 나와 그를 번갈아 바라보며 미소를 짓고는 말했다.

"아빠가 둘!"
순간, 나는 오한성이 됐다.
우리엘 디아블로가 되었다.

[동화율 120%를 달성했습니다.]
[하나의 정신에 둘의 신체. 분열이 아닌 통합입니다.]

나는 즉시 갖고 있는 나머지 죄악들을 넘겼다.
나는 그 죄악들을 받고, 즉시 '활성화'시키며 몸을 부르르르 떨었다.

[7대 죄악 폭식, 나태, 색욕, 분노가 활성화되기 시작합니다.]
[7대 죄악 중 3개 이상을 모아 '세트 효과-박해'가 적용됩니다.]
['박해'는 섭리를 초월한 힘입니다. 지정된 '현상'을 하나, 지울 수 있습니다.]

현상, 현상을 지운다라.
'저 날개.'
나는 둠의 날개를 직시했다.
놈의 마력 중 대부분이 날개에서 뻗어 나오고 있었다.
저 날개가 없으면 녀석의 기동력은 현저하게 느려진다. 마력의 공급도 원활하지 못할 것이다.

지정한 즉시, 내 몸에서 그림자가 떼어져 나갔다. 그림자는 낫을 들고 있었고, 순식간에 둠에게 이동한 그림자가 '날개'를 베어냈다.

그 광경이 마치 파노라마처럼 펼쳐졌다. 낫과 그림자는 다른 이들에겐 보이지 않는 것 같았다.

온전히 나만 볼 수 있는 권능, 박해.

그러자.

"크아아아악!"

둠이 괴성을 질렀다. 억지로 날개가 잘려 나가며 잠시 멈칫했다.

갑작스러운 치명타에 정신을 차리지 못하는 것 같았다.

이 틈을 놓칠 수는 없었다.

월천을 본체에 넘겼다.

우리엘 디아블로는 온전히 '검은 별'을 유지하고, 둠의 행로를 방해하는 데 모든 노력을 쏟았다.

'신기한 감각이로군.'

막혀 있던 무언가가 뻥 뚫린 기분이었다.

사막에서 물을 찾은 그런 기분.

"어떻게 인간이 이곳에…… 아니, 너는 평범한 인간이 아니로구나!"

둠이 이를 바드득 갈며 자신의 양손에 파멸을 입혔다. 월천을 휘두르며 그 마력을 잘라내려 했지만 그래도 둠은 둠이었다.

안달톤 브뤼시엘 역시 찰나 동안 이 상황을 지켜보다가 상황을 정리하곤 둠에게 뛰어들었다.

판이 뒤집혔다. 둠은 더 이상 우세하지 않았다.

'하나가 안 된다면 둘이서.'

작게 미소 지었다.

마침 역할 분담도 척척 되지 않은가.

둠은 이를 갈았다. 몇 번이나, 계속해서 자신을 방해하는 버러지 같은 놈들.

소용없다는 걸 알면서도 달려드는 건 불나방과도 같았다. 활활 타오르는 자신의 작염에 이끌려 죽을지도 모르는 다가오는 것이다.

'버러지 같은 놈들……!'

최강자. 자신은 최강자였다.

만약 암흑인들이 자신의 정신에 '침략'을 행하지만 않았어도, 안달톤 브뤼시엘과 우리엘 디아블로쯤은 혼자서 충분히 정리할 수 있었다.

하지만 암흑인들의 '침략'은 진짜였다. 저들의 저주파는 숫자가 늘어날수록 기하급수적으로 강렬해진다.

흔히 말하는 '세뇌'와도 같으며, 잠시라도 정신 방어를 늦추는 순간 자신은 더 이상 둠이되 둠이 아니게 될 것이다.

'오로지 정신만이 남은 벌레 같은 혼들. 잊힌 영혼에게 주어진 마지막 권한이자 발악이렷다.'

하지만 그다지 문제 될 건 없었다.

이런 일도 벌어질 것이라고 생각해서 대비를 마쳐 뒀으니까. 둠을 침식하며 이미 몇 차례나 확인해 본 바다.

별다른 변수가 없다면 자신은 위대한 별과 접선하게 될 터였다.

위대한 별과 '원죄'가 만나면 모든 암흑인은 진실과 마주하며 사라진다. 본래 없던 자들이니 다시금 무로 돌아가는 것이다.

'우리엘. 디아블로.'

뚝, 뚝. 그 증오스러운 이름을 끊어서 되뇌어본다.

녀석이 경매의 필수적인 물품들을 가져갔다.

축복받은 성서, 최초의 발자국. 그 두 개가 없음으로 인해 위대한 별의 방어벽을 완전하게 무너뜨릴 수가 없게 됐다.

하지만…… 어쨌건 '원죄'만 있으면 위대한 별을 옮길 수는 있다.

정확히 말하자면 '암흑상회'와 '암흑인'만 없으면 자신이 '위대한 별의 관리자'가 될 수 있는 것이다.

그 역할을 전해 받는 것에 지나지 않지만, 압도적인 우위를 점할 수 있다는 점에선 크게 다르지 않았다.

그런데.

'우리엘 디아블로……!'

날개가 잘렸다.

파멸의 마력으로 이루어진 데다 자신의 '권능'이 접합되어 만들어진, 절대로 잘릴 리 없는 날개가 잘려 버렸다.

왜?

우리엘 디아블로, 그리고 저 인간 놈 때문이다.

평범한 인간은 아니었다. 평범할 리 없었다. 하지만, 본 순간 알게 됐다. 자신이 들여다본 '지식의 샘'에서 시공간을 되돌린 존재가 있다는 걸 알게 된 것처럼.

'격이 다르다.'

인간이되 인간이 아니었다.

자신이 둘이되 둘이 아닌 것처럼.

아니, 그와는 조금 다르다.

인간이지만 상위종의 격을 지니고 있었다. 말하자면 데몬로드와 같은 존재가 인간의 몸으로 돌아다니고 있는 거다.

저런 경우를 둠은 알고 있었다.

"수호자냐?"

검격이 날아들었다. 둠은 파멸의 마력을 양손에 둘러 검격을 막았다.

한 번, 두 번, 세 번…….

반복될 때마다 검격은 더욱더 매서워졌다.

수호자. 인간의 수호자가 분명하다. 인간이되 그 격을 초월하여 수호자가 된 것이다.

문제는 왜 수호자가 이곳 심연에 있느냐는 거다.

'모든 수호자는 니드호그에게 잡아먹힌 게 아니었던가?'

그렇다. 모든 신은 '공허'로 끌려갔고, 남은 찌꺼기들은 모두 '니드호그'가 먹어치웠다. 그 포악한 포식자가 수호자 하나만을 남겨둘 리가 만무했다.

더욱이 이해가 안 되는 건 수호자가 우리엘 디아블로와 손을 잡은 것이었다. 이는 결코 말이 안 되고, 있을 수 없는 일이었다.

수호자가 아닌 걸까?

"그래 봤자 찌꺼기에 불과하다. 너는 나를 이길 수 없다!"

둠이 입을 크게 벌렸다. 동시에 파멸의 기운이 입안을 맴돌며 거칠게 뱉어졌다.

쿠아아아아아아아아아앙!

용의 숨결과 비슷하지만, 궤를 달리했다. 닿은 모든 것이 '변형'을 일으켰다. 생물이든, 무생물이든, 모든 것들이 '둠'을 돕기 시작했다.

그 공간 안에 들어선 것은 마력이 저하되며 그것이 평평한 길이라면 적이 들어섰을 때 마찰력을 0으로 만든다.

생명체라면 언데드로 변화해 싸우고, 공간 전체가 적에게 한정하여 '지옥'처럼 변한다.

지옥도.

둠이 가진, 일방적인 싸움을 위한 패였다.

"잔꾀를 부리는군."

하지만 자신을 노리는 게 인간만 있는 건 아니었다.

안달톤 브뤼시엘.

사자왕 또한 있었다.

1:1이라면 절대로 자신의 상대가 되지 못하겠으나, 모든 저주와 침략을 받고 있는 상태였다. 게다가 왜인지 모르겠지만 저 인간 놈의 검은 묘하게 상대하기가 벅찼다.

검을 부딪칠 때마다 정신과 혼이 뒤틀리는 느낌.

까딱 잘못했다간 암흑인들의 '침략'에 당할 수도 있겠다 싶어서 최대한 부딪히는 건 피하고 있었는데, 안달톤 브뤼시엘이 재차 합류한 것이다.

"둠, 저 '위대한 별'은 나의 것이다. 허튼 자가 손을 대기에 저

별은 너무나도 아름답지."

그르르릉!

안달톤 브뤼시엘의 몸이 '진동'했다. 눈에 보이지 않을 속도로 진동하며 둠의 모든 '파멸'을 지워 버리고 있었다.

오로지 안달톤 브뤼시엘이 서 있는 영역만을 한정하는 것이었지만, 저 '진동'은 무척이나 까다롭다.

"어차피 네놈도 오래 싸우지 못한다는 걸 안다. 안달톤 브뤼시엘!"

그래도 괜찮다.

저 '진동'은 무한하지 않다. 한계가 있다. 그만큼 많은 마력을 잡아먹는 탓이다.

녀석이 '대악'을 깨웠다면 이야기가 다르겠지만, 보아하니 원하던 걸 손에 넣지 못한 듯싶었다.

"그전에 죽이면 그만이지."

안달톤 브뤼시엘이 거대한 대검, 대악(大惡)을 꺼내 펼쳐 냈다. 순간 검이 수십 갈래로 분산된 듯이 보이더니 그대로 둠의 몸을 찌르고, 베어냈다.

허상이 아닌 진짜다. 엄청난 속도로 진동을 해서 검도 잔상이 남는 것이었다.

콰르르르르!

둠이 스스로 파멸의 마력에 자신의 몸을 구겨 넣었다. 어두운 뭉게구름처럼 둠을 감싼 마력이 안달톤 브뤼시엘의 검을 쳐냈다.

안달톤의 검은 실존하는 모든 것을 베어내지만, 한순간 둠은 자신의 몸을 일시적으로 '유체화'할 수 있었다.

유체화한 동안에는 어떠한 물리적인 공격도 통하지 않는다.

마법적인 공격이라 할지라도 어지간한 '준권능' 정도가 아닌 이상에야 자신의 항마력을 뚫어낼 수 없다.

문제는 자신도 공격을 할 수 없다는 것이지만.

"별을 취한 후 네놈들 모두를 죽이리라."

상관없었다.

자신의 목적은 오로지 '위대한 별'뿐.

재애애애앵-!

그런데.

순간 두개골이 울렸다.

머릿속이 펑! 하고 터지는 느낌이었다.

'뭐냐.'

고개를 돌리자 유체화한 자신의 몸에 인간 놈이 검격을 때려 넣고 있었다.

통하지 않는다. 그냥 스쳐 지나가야 정상이다.

한데 놈의 검은 마치 몽둥이처럼 자신의 몸을 툭툭 때려 대고 있는 것이다.

그리고 그렇게 검이 한 번씩 튕겨 나갈 때마다 극심한 두통과 함께 정신이 날아가 버릴 것만 같은 충격이 찾아왔다.

그럴수록 정신의 틈이 넓어지고 암흑인들의 '침략'이 들어왔다.

'대체 어떻게……!'

검으로는 절대 자신을 베지 못한다. 때릴 수조차 없다.

그래야 정상이다. 그래야 정상인데…….

인간 놈은 때리고 있었다. 눈을 감고서, 혼자 무언가를 중얼거리며.

"일망무제(一望無際)의 끝없는 사막조차도 나를 막진 못하였다……."

마치 귀기가 어린 듯했다. 인간의 양쪽 어깨 부분에서 푸르른 마력이 솟아나고 있었다. 강림, 아니, 강신인가?

인간이 검을 휘두를 때마다 저 푸른 마력이 함께 자신을 때린다.

푸른 마력은 형상을 갖춰갔다.

누구지? 누가 저 수호자의 뒤에 있는 거지?

'위대한 별……?'

그리고 둠은 놀랐다.

놀랄 수밖에 없었다.

푸른 마력이 그려낸 형상은 위대한 별의 축소판이라 할 수 있을 정도로 닮아 있었으니까.

저 거신의 형상이 왜 저 인간 놈의 뒤에 그려진 것인지, 둠은 알 수 없었다. '지식의 샘'을 보고 수없이 많은 지식을 깨우쳤대도 저 현상만큼은 알아낼 수가 없었다.

투웅! 투우우웅!

"끄아아아아악!"

머리가 깨질 듯이 아팠다.

인간 놈의 검이 유체화한 자신의 몸에 닿을 때마다 '침략'은 더욱 거세졌다. 틈이 열리자 물밀 듯이 밀고 들어오기 시작했다.

이대로는 당한다. 이제 조금만 더 가면 되는데. 조금만 더 가면 '위대한 별'을 거머쥘 수 있건만!

우리엘 디아블로의 저주도 성가시기 그지없다.

"오냐. 더 이상 피하지 않겠다. 싹 다 죽여주마!"

둠이 유체화를 풀었다.

'버닝 둠.'

그리고 파멸의 마력을 전부 개방했다.

스스로를 태우고 주변 모든 것을 태워 버리는 둠의 마지막 한 수!

쿠르르르르르르르르!

둠의 전신이 타오르기 시작했다. 지옥의 사자와 같은 얼굴로 인간을, 우리엘 디아블로를, 안달톤 브뤼시엘을 바라봤다.

버닝 둠은 단순히 신체를 태워 마력을 불사 지르는 마법이 아니다.

신체를 태우고 모든 마력을 공물로 바쳐 스스로 진짜 '사신'이 되는 마법이었다.

일순간이지만 진짜 '신'이 될 수 있는 최후의 권능.

곧 거대한 불로 이뤄진 낫이 둠의 손에 들렸다. 이 순간, 둠의 정신은 온전히 스스로의 '신'에게 감응됐다. 더 이상 암흑인들의 정신 공격도, 우리엘 디아블로의 저주도 통하지 않는다.

다만…….

이 상태가 되면 오로지 스스로의 '신'의 의지에 따라 움직이게 된다.

적군과 아군을 가리지 않고, 모든 것을 파멸시키지 않으면 끝나지 않는 또 다른 저주.

"그아아아악!"

그것은 짐승의 울부짖음이었다.

조금의 지성도, 지능도 남아 있지 않았다.

오로지 부술 뿐이다. 오로지 파괴할 뿐이었다.

콰아아아아아앙!

모든 게 사라진다. 타오르고, 재가 된다.

낫이 닿자 안달톤 브뤼시엘이 형편없이 튕겨져 나갔다.

아무도 둠을, 사신을 막을 수 없었다.

절로 욕이 나왔다.

설마 자신을 태워가며 대처할 줄이야.

'모든 저주와 정신 침략을 없애는 대신, 스스로를 태우는 권능이라.'

스스로를 태우고, 이지를 상실하지만 막강한 힘을 얻는다.

둠은 보이는 모든 것을 파멸시켰다. 아군과 적군을 구분하지 않았다. 그를 위해 싸우던 로드도, 암흑인들도 그의 낫을 피하진 못했다.

순식간에 회장 전체가 불바다가 됐다.

지옥이 있다면 바로 이곳이리라.

"지금 상태의 둠은 죽일 수 없다."

"스스로 죽기를 기다리면 되겠군."

안달톤이 말하고, 내가 답했다.

하지만 그가 고개를 저었다.

"이곳에 있는 자 중 대다수가 죽을 것이다."

"피하면 그만 아닌가?"

"주변을 둘러봐라. 이미 모든 게 그의 영역 안이다. 피할 수 없다."

둠에게서 피어난 불길은 주변 모든 걸 집어삼키고 '자신의 편'으로 만들었다. 지옥도. 적에게 지옥이 되는 저 스킬이 이미 주변 전역에 발동되고 있는 셈이었다.

"이 영역은 놈을 죽여야 사라진다. 그리고 점차 영역이 줄어들고 있지."

맞다. 상회 전체가 쪼그라들고 있었다. 둠을 중심으로 마치 흡수되듯이 말이다.

괜히 파멸의 전조가 아니다. 모든 걸 파멸시켜야 끝나는 스킬이라니.

"힘을 합쳐 놈을 죽여야 한단 말이냐?"

"별로 좋은 생각은 아니지만, 맞는 말이긴 하군."

버닝 둠. 아무리 녀석이 스스로를 태워 신격화되었대도 이곳에 모인 괴물은 모두가 '괴물 중의 괴물'이었다.

신 몇쯤은 간단하게 해치워 버릴 수 있는 전력.

"하지만 나는 도울 생각이 없다. 이대로 가만히 있으면 저 많은 로드 중 절반은 둠에게 죽겠지. 내가 '위대한 별'을 얻을 가능성이 높아진다."

그래, 안달톤 브뤼시엘은 이런 놈이었다.

짜고 치는 '전쟁'을 치를 때조차도 틈이 나면 나를 잡아먹으려고 했던 놈.

아마 다른 로드들도 비슷한 입장일 것이다.

이들을 규합한다는 어리석은 생각 따윈 하지도 않았다.

"우, 우리엘 디아블로 님! 살아계셨군요!"

그때, 한 암흑인 하나가 헐레벌떡 나를 향해 달려왔다.

"크리쿼."

내가 암흑상회에 심어놓은 세작.

하지만 크리쿼의 몸은 이미 반쯤 녹아 있었다.

나를 위해 상회를 세우고, 경매에 도움이 되는 정보들을 흘리며, 스스로의 목적을 달성하고자 굳건하게 달려가던 노력파의 암흑인.

'지배'한 상태지만 그럼에도 나를 보고자 달려온 것이다.

아마도 자신의 죽음을 인지한 것이리라.

"바, 받아주십시오. 허억! 허억! 적어도 한 명은…… 살 수 있을 겁니다."

그러곤 크리쿼가 품에서 목걸이 하나를 꺼냈다.

목걸이에 달린 보석이 영롱한 하얀색 빛을 내고 있었다.

"……루의 심장?"

"제가 배, 백작이 되었을 때 받은 겁니다. 모, 모두 우리엘 디아블로 님 덕이죠. 헤헤."

난 별로 크리쿼를 챙겨준 적이 없다. 크리쿼는 내가 지배한 '대상'이었으니까.

정작 크리퀴는 그렇게 생각하고 있지 않은 모양이었다.

크리퀴의 몸은 점차 녹아나고 있었다. 둠이 가진 원죄가 위대한 별과 가까워졌을 때 영향을 받은 게 분명했다.

이윽고 크리퀴의 몸에서 어둠이 걷혔다.

"……."

이윽고.

나는 크리퀴의 '본체'를 보곤 할 말을 잃었다. 내가 아는 사람이 그곳에 있었기 때문이다.

형체가 찌그러졌지만, 그렇지만, 내가 모를 수 없는 사람이었다.

'아아.'

주변을 둘러봤다.

'원죄'를 지닌 둠의 공격에 암흑인들 모두가 녹아버리고 있는 상황이었다. 무에서 무로. 원래 있던 곳으로 돌아가는 거라지만, 그렇다지만.

'내 마음대로 행하리라.'

보석을 쥔 주먹을 굳세게 쥐어 보였다.

내 마음대로 행하리라. 그것이 악이든, 선이든, 내 마음이 행한다면 닿을 것이고, 행하지 않는다면 닿지 않을 것이다.

"서(Sir). 저곳이 알레테이아 교단의 성지입니다."

인연. 인연이란 참으로 묘하다.

크리퀴가 녹으며 나타낸 형상. 그 형상의 마지막 목소리가 기억난다.

젊은 녀석이었다. 어렸을 때 괴물들에게 부모님을 여의고 길거리에 버려진 어린 녀석을, 내가 데려왔으니까.

하지만 내가 해줄 수 있는 건 거기까지. 이후로 나는 녀석을 잊고 있었다. 최후의 영웅이 된 뒤에야 나는 녀석을 다시 만날 수 있었다.

"오랫동안 이 순간만을 기다려 왔습니다. 오늘부로 창공기사단에 입단하게 된 '김민영'이라고 합니다. 잘 부탁드립니다, 서!"

나는 기억하지 못했지만 녀석은 나를 기억하고 있었다.

십 대 후반의 나이. 그러나 각성자들 중에서 견줄 자가 없을 정도로 뛰어난 실력을 가지고 있었던 녀석.

평단원으로 입단했지만 불과 3년 만에 부단장의 위치까지 올라왔다.

하지만 최후의 영웅일 때의 나는, 정을 주지 않았다. 모든 영웅이 죽고 나만 남았을 때 그 고독감을 떨쳐 내지 못했다.

유일하게 남은 인연이라곤 김민식. 놈뿐이었으니까.

알레테이아의 교단을 습격하고, 하늘까지 솟아오른 뱀의 형상 안다니우스를 죽이며 내 휘하 기사단은 전멸했다. 나를 포함해 모두 죽었다.

그리고 그때 김민영도 죽었다. 끝까지 나를 지키다가, 그렇게 가버렸다.

'너란 녀석은 끝까지…….'

내가 돌아오며 김민영 역시 없어진 거다. 그런 존재가 있었다는 사실 자체가 '없던 것'으로 되어버렸다.

암흑인이 되어, 크리퀴가 되어 내 옆에 있었으리라곤 상상도 하지 못하고 있었는데.

인연. 이게 인연이라는 건가?

운명은 피할 수 없다는 걸까.

녀석은 이번에도 나를 지키려고 했다. 루의 심장을 건네며 나만큼은 살리려고 하고 있었다.

바보 같은 녀석.

하지만, 덕분에 깨달았다.

'원죄'라 칭했지만, 이들에겐 죄가 없다는 걸.

루의 심장을 본체의 내가 쥐었다. 가만히 내려다보았다.

<루의 심장(value-???)>

● 신성 '루'의 심장을 표현한 보석.

● '루'의 파편이 잠들어 있다.

● 파편에 담긴 힘을 사용해 사용자를 보호하는 절대적인 보호막 생성(1회 사용 가능).

『루가 부서지며 그 힘이 차원 곳곳으로 퍼져 나갈 때 남아 있던 파편이 담겨 있습니다.』

말 그대로 '사용자'만을 보호해 주는 절대적인 방어막을 생성해 준다.

크리퀴는 이것을 자신이 사용하는 대신, 나에게 주었다.

내가 무사히 귀환하길 바라며.

"무모한 생각은 버려라. 지금 상태의 둠은 막을 수 없으니. 확실하게 죽을 거다."

안달톤 브뤼시엘이 내게 말했다. 나를 말리듯, 타이르듯 그렇게 말이다.

신기한 일이었다. 안달톤 브뤼시엘. 그처럼 자존감이 높은 로드를 나는 본 적이 없다. 누가 뭘 하든 자신만의 길을 가던 게 안달톤 브뤼시엘 아니었던가.

그런 그가 지금, 나를 말리고 있다.

"어차피 가만히 두면 자멸할 녀석이다. 로드들이 죽고, 암흑인들이 죽어 나가겠지만, 너와는 관계없는 일 아닌가?"

"날 말리는 건가?"

"너는 다른 멍청한 로드들과는 다르지 않느냐. 너라면 '위대한 별'을 얻기 위한 선의의 경쟁자로 인정할 수 있지."

위대한 별, 위대한 별, 위대한 별!

안달톤 브뤼시엘의 머릿속에는 오로지 그것만이 들어 있었다.

이제는 존경심까지 생길 정도다. 그만큼 외길만을 걷고 있다는 뜻이므로.

나쁘다는 건 아니다. 궁극적인 결과를 위해 달려가는 건 칭찬받아 마땅하다.

하지만…… 나는 역시 인간인 모양이었다.

하고 싶은 것, 갖고 싶은 것, 해내고 싶은 것이 너무나도 많았다.

그리고 지금, 나는 해내고 싶다.

둠을 죽이고 싶었다.

"도우지 않을 거면 방해나 하지 마라."

다시금 '검은 별'을 연성했다. 모든 마력을 전개하여 '칠흑의 손길'을 피어 올렸다. 그리고 본체는 '월천'을 들었다.

월천으로 둠을 두드렸을 때 느낌이 있었다. 녀석의 정신을, 혼을 흔들 수 있다는 걸 알게 됐다. '버닝 둠'을 사용해 모든 효과를 없앴다지만 그뿐이다. 다시 새로 두드리면 흔들림이 생길 것이다.

'때로는 불처럼, 때로는 물처럼, 때로는 바람처럼.'

흘러가리라.

탈혼무정검. 그리고 태을무극심법.

지금 나는 불이 되었다.

불이 되었을 때, 나는 모든 것을 집어삼킬 기세로 타올랐다.

어느 때보다 심장이 뜨겁게 뛰었다. 격렬하게. 더욱 격렬하게!

[7대 죄악, '분노'가 사용자의 상태에 응합니다.]

[계약이 완료되었습니다.]

[순수 능력치 중 '마력'을 태워 '분노의 화신'이 됩니다.]

[89의 순수한 마력을 보유하고 있습니다. 순수 능력치가 '분노의 화신' 상태에 못 미쳐 제대로 된 효과를 발휘할 수 없습니다.]

부족하다고?

그렇다면 채워주마.

'모든 잠재 능력치를 마력에.'

[10의 잠재 능력치가 마력에 추가됩니다.]

[99의 순수한 마력을 보유하고 있습니다. 순수 능력치가 '분노의 화신' 상태에 어느 정도 적합함을 가집니다.]

['분노의 화신' 상태로 돌입합니다.]

콰아아아아아아아아아악!

타오른다. 둠. 녀석만 타오르는 게 아니다.

나 역시 내 분노로 타올랐다.

하지만, 녀석과 다른 점이라면.

녀석은 자아를 상실했다는 것이다. 스스로가 왜 싸우고 있는지조차 모르는 상태라는 점이었다.

나는 다르다.

나는 안다.

밉다. 증오스럽다.

둠, 녀석을 죽이고 싶다.

잘근잘근 씹어서 내던지지 않으면 직성이 풀릴 것 같지가 않았다.

'죽이고 싶다.'

내 모든 분노는 둠에게로 향했다.

이 모든 사단의 원흉은 둠이나 다름없었다.

그러니까…… 죽인다. 죽여야 한다.

콰칭!

둠의 낫이 월천에 닿았다.

하지만 둠은 월천을 잘라내지 못했다.

다른 로드의 무기들조차 무 베듯 잘라내었지만, 분노 상태의 내가 월천을 휘두르자 경쾌한 소리를 냈다.

화륵!

화마가 나를 덮친다. 머리가 타오르고, 전신의 피부가 벗겨지기 시작했다.

그러나 나는 월천을 뻗는 걸 멈추지 않았다. 아무런 고통도 느껴지지 않았으니까.

세계가 점차 붉게 물들어 갔다. 그리고 둠의 '영혼'이 내 눈에 비쳤다. 오로지 내가 분노를 느끼는 대상에 한하여.

월천이 닿을 때마다 둠의 '영혼'이 위태롭게 휘청거렸다.

-크아아아아아아!

녀석은 보이지 않는 비명을 내질렀다.

통한다. 그렇다면, 가능성은 있다.

-검은 별. 세계에 존재하는 모든 저주.

분노는 저주와 닮았다. 우리엘 디아블로가 가진 권능의 힘이 더욱 강해졌다. 하늘이 어둡게 물들고, 수많은 별이 떨어지며 '검은 별'과 합쳐졌다.

더욱 커진 검은 별은 둠의 발목을 잡았다. 둠을 약화시키고, 둠의 정신을 헤집어 놓기 시작했다.

하지만 부족하다.

단순한 저주만을 걸고 있어서는 안 된다.

'내게 한계는 없으니.'

우리엘 디아블로. 또 다른 내가 움직였다.

조금씩 커져 가던 '검은 별'이 지상에 낙하하더니 우리엘 디아블로의 손에 쥐어졌다.

그리고 검이 되었다.

[저주의 총아. 타락의 형상이 완성되었습니다.]

[우리엘 디아블로의 권능이 한 단계 진화합니다.]

[검은 별(10Lv) → 타락의 형상(11Lv)]

나와 우리엘 디아블로는 연결되어 있다.

내가 분노하면, 우리엘 디아블로도 분노한다.

내가 진화하면, 우리엘 디아블로도 진화한다.

하나면서 둘, 둘이면서 하나.

서로가 부족한 점을 보완해 줄 수 있는 그러한 존재.

-한계가 깨졌다.

우리엘 디아블로는 단언했다. 자기는 멈춰 있노라고. 새로운 마법을 익힐 수 없다고.

하지만, 익히지 않아도 좋다. 가지고 있는 것을 발전시키면 되는 것이다.

타락의 형상을 쥐고서 달려 나갔다.

11레벨. 단일 스킬로는 처음 보는 권능. 사천왕이 지닌 불사성, '심연'이라 불리는 마법만이 11레벨이라 불렸다.

그에 버금가지만, 타락의 형상은 그러한 불사조차 죽일 수 있는 극한의 권능이었다.

스아아아아아아아!

월천과 타락의 형상이 둠을 때렸다. 둠을 베었다.

월천은 둠의 영혼에 고통을 새기고, 타락의 형상은 둠의 신체에 저주를 남겼다.

타락이야말로 가장 강렬한 저주. 타락의 형상이 닿은 곳엔 불신이 시작됐다. 신체가, 근육이, 세포가 서로를 불신하게 만들며 스스로 자멸의 길을 걷도록 하는 것이다.

"크아아아아아악!"

둠이 고통에 몸부림쳤다.

타락한 둠의 왼손이 오른손을 공격하기 시작했다. 스스로를 불신하게 만드는 것이야말로 어떠한 저주조차 따라오지 못할 강렬한 힘이다.

"'침략'!"

"'침략'을 재개하라!"

무언가를 느낀 암흑인들이 정신을 다잡고 침략을 재개했다. 벌써 삼분의 일가량이 녹아내렸지만, 남은 암흑인이 아직도 많은 상황.

혼의 균열은 더욱 빨라졌다. 하지만 둠의 공격은 여전히 매서웠다.

'피하지 못한다.'

아무리 '분노의 화신'이 되고 '타락의 형상'을 손에 넣었대도 압도적인 능력치의 차이는 여전히 존재하고 있었다.

하여 나는 일정 부분 피하는 것을 그만뒀다. 완벽하게 놈을 처리하는 건 불가능하다. 나 역시도 양보를 해야 함이었다.

가령 한쪽 팔과 같은 것들을.

눈을, 귀를.

그러나 공짜로 주진 않을 것이다.

내가 포기한 만큼 둠도 포기해야 한다.

가령 마력의 원천인 심장과 같은 것들을.

영혼을, 스스로의 성취를.

"너는…… 결코…… 나를…… 막지…… 못한다……!"

둠의 불꽃이 약해졌다.

영혼의 절반에 금이 간 둠이 쥐어짜 내듯 말했다.

그리고 천천히 둠의 몸이 파열되기 시작했다.

균열을 일으켰다. 나무가 재가 되어가는 과정처럼.

그러나 그것은 소멸이 아니었다.

'자폭.'

내가 얻지 못하면 남도 얻을 수 없다는 거냐.

녀석이 자폭하면 모두 죽는다. 오로지 위대한 별만이 남을 것이다. 그리하여 호레스벨그는 자신이 원하는 바를 이룰 것이었다.

그리 둘 순 없다. 그렇게 두진 않을 것이다.

'루의 심장.'

나는 루의 심장을 발동시켰다.

나는 하나이자 둘이다.

하나만 남으면. 남을 수만 있다면…… 기회는 생긴다.

둚을 죽일 수 있다면 남는 장사다.

['루의 절대적인 보호막'이 생성되었습니다.]

[사용자-우리엘 디아블로]

[모든 공격을 막고, 모든 공격의 유출을 막는 이 보호막은 감히 상위의 신성조차 쉬이 건들지 못하는 것입니다.]

잠깐.

어째서 우리엘 디아블로가……?

순간, 나는 튕겨져 나갔다.

어느새 우리엘 디아블로의 신체가 나를 멀리 던져 버리곤, '루의 심장'을 쥔 채 발동하고 있는 것이다.

그리고 그때만큼은 그 몸이 내 말을 듣지 않았다.

[‘전이’가 끊겼습니다.]

[일방적으로 계약이 해지되었습니다.]

[‘우리엘 디아블로’와 ‘오한성’의 동화율이 0%로 수렴합니다.]

눈을 부릅떴다.

없어진 게 아니었던가. 그는 분명히 사라졌을 텐데, 어떻게?

보호막으로 부족하다 여긴 걸까. 타락의 형상이 둠과 우리엘 디아블로를 감쌌다.

쿠아아아아아아앙!

동시에 보호막 안에서 폭발이 일어났다.

이윽고 보호막이 팽창하고 수축하며 한없이 줄어들더니 0이 되었다.

완전한 소멸.

사라져 버린 것이다.

팅. 팅. 팅구르르…….

사용된 보석 하나만을 남기고서.

원래 없었던 것처럼…… 그렇게.

to be continued